岡潔対談集

司馬遼太郎　井上靖
時実利彦　山本健吉

岡　　潔

朝日文庫

本書は文庫オリジナルです。

岡潔対談集 ● 目次

写真／朝日新聞社

岡潔対談集

萌《も》え騰《あが》るもの

司馬遼太郎
岡 潔

司馬遼太郎（しば・りょうたろう）
一九二三年、大阪市生まれ。大阪外国語学校蒙古語学科在学中に学徒出陣、翌年卒。産経新聞記者を経て、五九年「梟の城」で直木賞受賞。九六年逝去。『竜馬がゆく』『燃えよ剣』『国盗り物語』『関ヶ原』『坂の上の雲』『世に棲む日日』等著書多数。

死ぬことは生きること

岡　司馬さんは、たしか戦争においでになりましたね。
司馬　昭和十八年十二月一日の学徒出陣で行きまして、終戦の二十年まで取られておりました。満州のほうが主でございました。戦車隊です。
岡　よく捕虜にならなかったですね。
司馬　それが悪運が強うございまして。終戦の直前に、内地防衛のための戦車が足りないというので帰って参りました。
岡　それじゃ、なにか日本の神々が司馬さんを誘おうとのお考えだったのです。この歴史を長い目で見てみますと、日本人が生死を無視して行動するのがよくわかってきます。つまり、現世だけを見たんじゃ、そのなかにはエッセンシャルがないってことがわかってくるような気がします。いかにも歴史のキイーポイントが偶然のところで曲がっている。ですから、神々がある、といったほうがよっぽどわかりやすい。これを、徳富蘇峰のように生きている人の能力だけで判断しようとしたら、つじつまの合わないことがずいぶん出てくる。歴史の曲がり角は、偶然が決定している。つまり、神々が踊らせているのだ、という言葉でいったほうが、歴史のありのままを描写しやすい。そんなふうに思っているのですけれど……。

司馬　必然的偶然というような言葉が使えるなら、それでございましょうね。

岡　つまり、歴史は神々の霊筆によって描かれる。神々の霊筆という言葉を使って歴史のあり方を説明すると、筋が通ると思うのです。エッセンシャルなものを求めるには、現世を無視しなきゃならないでしょう。

司馬　私には、そういう天の意志というものがよくわかりません。あるいはわかることを自分に対し閉じているところがあります。なるほど天の意志という言葉を使うと非常にぴったりくる場合もありますが、そうでない場合もあります。

岡　『竜馬がゆく』『殉死』をいただきましてありがとうございます。坂本竜馬の姉さんのお栄が自殺していますね。あのへん、死というものの意味が非常によくわかります。姉さんがあんな死に方をしたから、竜馬はすばらしい活躍ができたのだという気がします。

司馬　あそこで問題が一つふっ切れていますね。

岡　脱藩するということは容易ならんことだったのですねえ。

司馬　それはもう、ちょっと想像できないくらいたいへんなことだと思います。

岡　お栄の死が一番印象に深かった。ずいぶんお調べになったようですが、乃木さんの死は調べにくい。あれはわかりにくい。

司馬　わかりにくうございますね。

岡　それよりも、維新の志士たちが〝死ぬことは生きること〟のように死んだ。そのほうがはるかにわかりやすいです。維新の志士たちは、楠木正成の念を念として貫いたのだと思います。七生報国をやったのです。正成の最後の一念を初一念として貫きとおしたという気がします。それに比べると、乃木将軍の死の描写は考えにくかったと思います。乃木さんより夫人の死に方のほうは、いくぶんわかりますね。そういうものかなあと思いました。

司馬　私は、乃木さんの『殉死』を書いて、書き終わったのが夜の十一時でしたが、そのあと、なんとも名状しがたい咀嚼《そしやく》しきれないモヤモヤが残りましてね。強い酒を飲まずにはやりきれなかった記憶があります。

岡　ほんとうに明治天皇のあとについていこうとしたのだと思います。途中にいろいろ伏線が敷かれてあるものですから……。

司馬　そりゃそうですね。かえってわかりにくいです。

岡　乃木さんは、死の瞬間をわかりにくくするようなことばかりやってきていますね。初一念を貫いてくれたらわかるのですが、乃木さんは貫いていません。何か決意しては忘れてしまい、忘れてしまっては、また思い出してやる。そんな生涯でした。若いときに連隊旗を奪われたのは、よほどショックだったらしいですね。

司馬　乃木さんは吉田松陰の叔父で師匠でもあった玉木文之進という人の内弟子で、松陰の影響が強く、ものごとを考える場合、純粋化し、透明化する方角にのみ思考をかけてゆく癖があります。最後は自己否定しかありません。

岡　松陰の念が、最後に出たと思いますね。最後がいかにも自然だったから、夫人がついていったのだと私は思うのです。

日本人のやさしさ

岡　司馬さんに日本歴史全体を書いていただきたいですね。

司馬　六十くらいになったら書こうと思ってますが……。

岡　早くお始めにならないと。芥川がそれを書こうと思って始めたのだといいますが、書けたのは須佐之男命だけでしょう。芭蕉よし、万葉もよいが、次元の高さで超絶、絶対に類型を許さないのが古事記でしょうね。

司馬　古事記のすごさは上代人の心の律動の大きさということでしょうね。

岡　司馬さんがお書きになるのが一番適性でしょうね。古事記の一節でもよいから、あんな夢を見よ、といったって見られやしません。今は実に常識的な夢しか見られないのです。しかも、あの作者は日本民族なのですよ。個人じゃない。耳から耳へと伝えて、しだいに集結していった。あれくらい次元が高ければ矛盾は矛盾になりません。

司馬　格調が非常に高うございますからね。平板的じゃありませんもの……。

岡　人々は、あの格調の高さがわからないのでしょうか。

司馬　知的に把握する癖がついておりますから。古事記のようなものは、自分の律動を古事記の律動になんとか合わせて感じとってゆきませんと……。日本民族が古事記の作者であるというのはすばらしいことですね。歴史は語らないと成立しないものです。語らないときには何もないのと同じです。個人にたとえると、せいぜい履歴書だけのことでございます。語られて初めて成立するものですから、語り手が必要なのです。ですから、「ネールの世界史」というのはありますが、ただ「世界史」というのは存在しません。だれそれの世界史は存在する。だから語られなければならないのです。

岡　全くそのとおりですね。民族が語らなきゃ。語りつ聞きつしなければ、真の歴史にはなりませんね。

司馬　ええ、歴史っておもしろいものです。しかし、通史というのはなかなか世に現われないものですね。江戸期ほどの教養時代でも通史といえば、頼山陽の『日本外史』一冊でした。

岡　あれは、まさに語り、聞く歴史でした。徳富蘇峰の『近世日本国民史』を読んでみましたが、一つも史眼を持ち合わせていない。司馬さんの坂本竜馬と比べて、あんまり違うので驚きました。読めば読むほどわからなくなるのと、一見すれば明瞭なのとの違いです。蘇峰のは、つまらんことがていねいに書いてある。が、必要な言葉は抜いてある。たとえば、神風連の奥さんが挫折後に自殺したと一行書いておいてくれたらよいのに、そんなことは歴史じゃないとして、書いていないのです。西郷さんを書くにしても、最後の城山の場面で、別府晋介と碁を打ちましたね。打とうとした手をやめて〝晋どん、もうよかろう〟と、介錯《かいしゃく》を頼みましたね。それをひとこと書いてくれたら、大西郷の心情がよくわかる。それなのに書いていないのです。

司馬　幕末、明治の日本人を知る上での大事なことは、あの当時の日本人が共通して持っていた心のやさしさということでしょうね。そのやさしさを書かないとものごとが出てこない場合があります。

岡　そうですとも。軍国主義などはのちの軍部がつくったのですが、明治の人は〝ここはお国を何百里〟という心情で戦ったのです。同胞全体を自分と見て、自分が犠牲になったのですから菩薩道です。菩薩道でしたから、非常に心が安定します。生きがいを感じます。やさしくなります。それを見抜けない人が明治の歴史を書くと、全体主義とか軍国主義にしてしまうのです。

司馬　日露戦争ごろまでの日本人はやさしい特質を持っていましたね。私は、このところ正岡子規を調べておりますが……。

岡　産経新聞に連載しておられる『坂の上の雲』を全く感心して読みました。正岡子規はおもしろいでしょうね。

司馬　子規は叔父さんの加藤恒忠を頼って上京してくるのですが、加藤恒忠はフランスへ行かなきゃならなくなって、友人の陸羯南《くがかつなん》に子規を預けるのです。子規は肺病にかかっておりまして、その肺病もリューマチ症状を伴う全身が痛む肺病なのです。痛み始めると泣かなきゃならんくらいの痛さなのです。陸羯南は、そのたびに子規の手をとって「おう、よしよし、わかった、ぼくがついてるよ、ぼくがついてるよ」というのです。そういうやさしさっていうのは、幕末、明治までの日本人のやさしさでございますね。なんともいえない心の明るさです。こういうものをとらえる場合、社会科学的方法でとらえることはちょっと休止させねばわからない。

岡　なるほど、ごくすなおなやさしさですね。理屈抜きです。

司馬　岡先生のおっしゃる神道的なすなおさというのでしょうか。私の使っている神道という意味は、神道という言葉すらなかったプリミティーブなころのそれですが……。

岡　神道はごくすなおです。神道には、おかしな理屈はやめちまってただ行為するすなおさがあります。私、いつもいうんですが、いまの人は少し抜けたところがなきゃだめだと。あんまり抜けたところがなさすぎるでしょ。ピッチャーをやるときにも抜けとれ、という意味じゃありませんよ。ピッチャーは責任重大ですから、抜けたらたちまちホームランを打たれますからね。なにかいまの人は、おかしなところで鎧《よろい》を着すぎます。それで、心から出るやさしさというものはないのです。心から出るやさしさが菩薩の心なのですがね。

無名の志士

岡　いまの人は、「日本が好きだ」「日本民族が好きだ」とどうして堂々といわないのでしょうかね。「日本民族が好きだ」というのは「いいところが好きだという意味で、悪いところが好きという意味ではないのである」とさえいえばいいのでしょう。だけど、それを示せとなると、書いて見せなきゃならんでしょう。古事記以後に、ほんとうにみんなが謳《うた》ったのは、さっきおっしゃった『日本外史』ですね。

司馬　そうです。あれ一冊しかありませんね。あれ一冊で幕末の日本人は日本史を知った。これは幕末史を知る上で重要なことです。

岡　幕末の日本人に楠木正成を胸にかざさせたのは『日本外史』の力です。

司馬　影響は大きゅうございますね。幕末ってのは、幸田露伴のいう表現を借りれば、たぎった時代でした。

岡　たぎった時代の行動を教えたものは『日本外史』だといえます。

司馬　そうでしょうね。そのたぎった時代は、たぎった時代として見なければわからないところがありますね。

岡　そうですよ。たぎった時代とは、道元禅師の有時《うじ》です。〝時、空ならず〟です。今のような時代は、ときはからっぽですよ。昭和元禄なんてのは、まあ久々の春だからいいようなものの、いつまでもこれじゃたいくつする。〝憂きわれをさびしがらせる閑古鳥《かんこ》〟で、曇天の頭痛みたいな生活になるでしょう。清涼剤が必要です。

司馬　幕末にこういう人がいるのです。無名の人ですが、この人が幕末の最もたぎった状態を表わしているので、私はよく話に出すのですが、その人は名前もどこの生まれかもわからない。何も残っていないのですが、文久三年の初めごろ、まだ花が咲いていない寒いころに、高杉晋作が将軍家茂を暗殺しようと企てました。彼はたいへんな権謀術数家ですから、おそらくそんな画策は実行できるはずはないと知っていながら、京都にいる同志たちを鼓舞する目的でそういう会合を持ったのだと思うのですが……。

岡　高杉晋作は、電気のスイッチのあり場所をよく知ってるんです。

司馬　よく知ってます。彼は、ある町家で長州の連中と会合していました。雨の日でした。そこへその無名の浪士が訪ねてまいりまして、「高杉先生いますか」と声をかけた。高杉が土間へ降りていって「何の用か」ときくと、「あなたは将軍家茂を暗殺しようとなさっているそうですが、私も加えて下さい」と頼むのです。高杉はそのとき、彼の電気のスイッチがどこにあったか知りませんが、木で鼻をくくったような冷たい態度をとりました。「家茂襲撃は長州の人間でやるつもりだから、あんたのようなよその人の手は借りない」と断わった。すると無名の浪人は、なにか勘違いをして自分を臆病者だと見くびられたのだと思うのですね。「おれが臆病であるかないか、高杉さん、いま見せてやる」というや、軒先へ飛び出していって、雨の中で立腹《たちばら》を切って自害して見せたのです。

岡　えらい男だなあ。

司馬　臆病であるかどうかを見せるために死んだのです。幕末のたぎった時代とは、そういう人間の出てくる時代だということで見てゆかねばならない。

岡　生きることは死ぬことだ、というのはほんとうなんですね。エッセンシャルは現世にとらわれてはならないということ。われわれなら歴史を調べなきゃ目の開かないことを、その人物は直感的に知っていたのです。それが高杉晋作をどれだけ鼓舞したことでしょう。その高杉晋作は、日本にどれだけ影響を与えたか、はかり知れません。

司馬　どこの人か名前もわからないのがおもしろいところです。

岡　高杉晋作に電撃的な鼓舞を与えましたね。高杉が権謀術数のつもりでスイッチをひねろうと思ったとたんに、あにはからんや雷が落ちた。

司馬　どうも、座敷でこう、ビールでも飲んでテレビでもながめているいまのこの場所から見ると、なかなかわかりにくい。

岡　たぎってました。もう一度、日本民族の潮が満潮になってきてほしいですなあ。

司馬　そうなりますでしょう。

岡　ここで日本民族の潮が満潮になるように、司馬さんあたりが助けて下さい。その影響はずいぶん大きいと思います。「若の浦に潮満ちくればかたおなみ」といけば、たいてい〝かたおなみ葦辺をさして〟となってきます。いま何が一番大事かというと、上げ潮になってくる民族精神を、本当に上げ潮にしてしまうことに力を貸すことです。明治以後、物質とか知の方面ばかり発達して、心の方面はしだいに間違ってきています。したがって行為の方面もだめになってきました。

司馬　つまり原理を失いましたね。

岡　神々がずいぶん骨折って演出されているのですが、どっと上げ潮になってほしいものです。

古事記の夢

司馬　禅についてはどういうお考えですか。

岡　禅の原理を詳しく述べられたのは道元禅師おひとりです。禅の理屈を教えてくれているのは『正法眼蔵』だけです。ほかにはたとえば白隠《はくいん》禅師ですね。白隠禅師は大悟《だいご》をなさって、郷里静岡県のある町で住職をしておられた。豆腐屋の娘がいたずらをして子を生んだ。娘は父親にしかられるのを恐れ、父親が白隠に傾倒していたので、白隠の子だといったらしかられないだろうと思って、白隠の子だといった。ところが、父親は裏切られたと思ってよけい怒り、白隠に黙ってその赤ん坊を押しつけた。白隠も黙ってその子を受け取り、乳をもらい歩いて育てた。ある冬の雪の降る朝、白隠はかぜをひかないよう赤ん坊をふところに入れていたわりながら、歩きにくい道をいつものように乳をもらいに歩いた。その姿はみるからに神々《こうごう》しかったのです。娘はそれを一目見るや、父親に泣いて真実を告げました。この行為が禅だと思います。菟道稚郎子《うじのわきいらつこ》が自殺なさるのと同じものです。これは神道です。理屈じゃなく行《ぎょう》です。行によって人を感銘させる。引き上げることが禅です。私はそう思います。発信は白隠でなければできないにしても、受信機がなかったら無意味です。そのレシーバーを生まれながらに備えているのが日本民族です。だから、日本における禅というのは神道と同じことです。神道は全然理屈を教えてくれません。禅もそうです。行なって見せるだけです。

司馬　それはよくわかります。ただ、禅というのは十万人に一人の天才の道でしょう。

岡　だれでも行なえるとは限りません。死んでみせるよりもむずかしい。

司馬　だから、十万人に一人の天才が禅で救われるかもしれませんが、ほかの者にはかえってやったことが悪く遺《のこ》ってしまう。後遺症のように……。

岡　しかし、レシーバーを持っている者にどんどん感銘を与えることによって引き上げますね。娘は直接に、ほかの者は聞き伝えでも多少わかるのです。教化は遠近に及びました。禅とは崇高なものだと知るだけでもいいことでしょう。

司馬　白隠とは、覚者ですね。文字もよろしゅうございますね。

岡　実行派としては第一です。だから、原理を説明した道元と並べるべきでしょうね。日本には知的純粋直観が不足していましたね。白隠のは意的純粋直観です。崇高だと感じるのは法的純粋直観です。道元がわざわざ支那まで出かけていって学んできて『正法眼蔵』を書いたくらいですから、日本民族は知的純粋直観がよほどへたなのです。じょうずになろうとして、明治以後、犠牲を払ってその方面を勉強しつつあるのだと見るのが至当じゃないでしょうか。かりに司馬さんが、古事記をお書きになってお教えになるとすれば、やはり知的な方法ということになります。西洋より上に行くにしても、西洋に学んだ方法に違いありません。非常な犠牲を払って、日本の神々がそれをいまやらせているのではないでしょうか。神々のその要望におこたえになってはいがですか。満州で死ぬところを助けてもらったのですから。

司馬　はあ。

岡　前世ではろくなことはしてないだろうけど、現世ではやがてよいことをするだろうということになってるのですよ、きっと。

司馬　そうでしょうね。先生はときどきお生まれになった紀見峠の夢をごらんになりますか。

岡　あまり見ません。私、むかし、ちょうちょうを採集するのに凝りました。その景色なら夢に出てまいります。

司馬　それはどのあたりの景色でしょうか。

岡　家の近くです。ちょうを採るのに真剣になった。やはり真剣になっておくべきです。別れに私を送ってくれた父母の顔とか祖母の顔とかは出ますね。これはだれだって夢に出るでしょう。景色というのはオオムラサキがとまっていたとか、アオスジアゲハがいたとか、そんな景色です。だから、やはり印象に残さなきゃだめですなあ。だけど、古事記の夢と比べたらなんと情ないかと思います。

司馬　古事記の夢を見なさらんこと久しいですか。

岡　ああいう夢はなかなか見られませんよ。いまの人はがんじがらめに縛られています。無理もないですよ。神代のような自由度はありません。縛られるために西洋から学んでいるようなものです。

司馬　古事記だけでなく、中世をも含めてあのころの連中は激情家ですね。

岡　室町時代から欲が出ましたね。

司馬　智恵が出ました。

岡　欲ですよ。だから、欲に伴う悪智恵ですよ。それが中世なら当たっています。上代というのは応神天皇以前です。

司馬　要するに、あの時代の人間というのは、たいへん、感情が激しいです。抑制がきかなかったのですね。

岡　抑制がきかないってのは、つまり天に逆らわなかったことでしょう。恋のことなどをいっておられるのでしょう。まことに清らかで、天理に逆らわなかったと思います。

司馬　そういう意味では清らかです。たとえば、嫉妬《しっと》した相手を殺すまで嫉妬するという清らかさです。これがわからないと、あの時代はわかりません。

岡　全く、一念。やっぱり念ですよ。念が澄み切ってるから、そこまでいくのです。その念のなかはまことに清らか。悪智恵が働いていない。ところが、このごろは困ったもんです。智恵を働かせなきゃいけないといったら、悪智恵を働かす。悪智恵を働かせちゃいけないといったら、だれも智恵を働かせなくなる。ここをじょうずに教えるのが、文筆家や芸術家の使命でしょう。いま、日本が困ってくるのはそのためじゃありませんか。

司馬　そのためですね。ところで、岡先生のいわれる知は、近世からできるわけですね。近世になってから、人間が社会秩序や国家秩序に馴らされてと申しますか、獣を飼いならして家畜にするように、馴化《じゅんか》されてきますね。

岡　国家秩序、社会秩序に馴らされて、人は家畜になったのです。

司馬　人が家畜になった。家畜が家畜のままならいいのだけれど、いまのところ、家畜が絆《きずな》を解きほぐされてどうやっていいかわからない状態です。こういう世の中に人間が住まされたのは人間にとって初めての体験です。

岡　当然そうしてもらわなきゃ、進化の逆行ですよ。しかし、そこは教えてやるべきです。

司馬　上代では人間の生活はたいへんおおらかで、精神も清らかだったのですが……。

岡　そのかわり無秩序だったのでしょう。

司馬　いや、無秩序といっても、果たして無秩序なのかどうかわからない。

岡　秩序それ自体を自分で立てないで、神に甘えてすがっていたといえばよろしい。それが、自分でやらなきゃならぬ年ごろになってきたのです。そして、いろんな秩序を立てたらどうなったかというと、人が家畜になったのですよ。いまの日本人なんか、とりわけそうです。

司馬　とりわけ家畜ですね。

岡　全く同感でしょう。いま、福沢諭吉の自由いずこにありや、家畜に自由ありやといいたい。それを教え説くのは、司馬さんなんかが最適です。私なんか、理屈でいえるだけです。理のほうは、日本はいまこうだというところまではいえるのです。これは、文、理と分けて、文理分業でやりましょう。

総員ゲリラ

司馬　『放送朝日』という小さなパンフレットで非常におもしろい座談会を読みました。京都大学の動物学のグループの、アフリカでの未開人研究の話です。おもしろうございますね、その未開ぶりというのが。食べ物を干し肉にしたりする貯蔵の能力すらなく、そこまでの未開なのです。たとえば、十里先の河原でカバが死んでいる知らせがはいると、村じゅうでナイフとフォークを持って食べに行き、たらふく食べて帰ってくる。そんな未開ぶりです。若い学究が村の仲よし青年といっしょにジャングルを切り開いてカバを食べに行くのですが、その道中の対話が傑作なのです。文明人である日本の若い学者に対して村の青年が質問するのです。〝人生とは何だろう〟〝なぜわれわれはこのように生きているのだろう〟〝なぜわれわれはこのようにしてカバを食べに行くのだろう〟と、文明人なら答えてくれるだろうと思って質問するのです。すると、その研究者にはどちらがソクラテスかわからなくなってくるのです。つまり、向こうのほうがソクラテスなのです。

岡　そのとおりです。

司馬　ですから、ソクラテスやお釈迦さんは、未開の時代だったからこそあんな深い思索ができたのだという気がします。われわれは文明のなかにいることになっていますが、果たして文明なのか野蛮なのか、このごろわからなくなりましたね。

岡　それは非常におもしろいです。さりとて、未開へ行けと奨励するわけにいかん。だから、文士というものの使命がある。もしそうでなければ、文士とは溜《たま》り水に湧いたボウフラとしか考えようがない。

司馬　だいたいそんなところです。日本を守るためにどうすればよいか、ご参考のために申し上げます。私はタンクもいらない、ジエット機もいらないと思うのです。

岡　日本を守るとは国防ですね。

司馬　国防です。毎日日本の歴史のなかで暮らしているようなそういう暮らしのなかで感じたことですが、非常に不思議なことが何回かあるのです。フランシスコ・ザビエルが戦国のまっただ中の日本にやってきましたね。天正十年か十一年ごろ、薩摩の坊津《ぼうのつ》に船がはいってきます。その船はスペイン王がスポンサーになっておりまして、艦隊はザビエルを陸に上げれば、一週間ののちに風を待って出て行くという段取りでございました。ザビエルには、スペイン王に対して一つの義務がございました。スペイン王は、ザビエルに対して日本を侵略したいから様子を偵察せよといいつけてあるのです。

岡　そんなことをいったのですか。

司馬　でないと、大金をかけて艦隊を仕立ててザビエルを送り込むはずがございません。ザビエルとしては、スペイン王に報告を書く義務があった。それで、ザビエルは薩摩の坊津という漁村で見た、日本人のありさまを手紙に書くのです。その手紙は、いまわれわれが読んでも気恥ずかしいほどほめてあるのです——日本人は非常に名誉を重んじ、廉潔で、怜悧《れいり》である。彼らは十三、四歳から刀の術を学んで、かりにも恥ずかしめを受けると、たちまち闘争に及ぶ。これは恐るべき民族である。侵略してはいけない。うっかりスペイン軍隊を送ったところで、内陸戦になれば負けること必定——と書き送ったのです。

岡　それは本当でしょうね。ただ、日本はいつもそんなに強いときばかりがあったとは限りませんが。

司馬　元禄のころになって、その手紙がフランスで出版されたのですね。

岡　ときもあろうに元禄時代にね。

司馬　元禄時代にはるかなる場所で出版されまして、それが幕末にやってくる各列強の外交官の日本知識の源泉になっていたのじゃないかと、私は思います。

岡　それにしても、ペリーのくれたアッパーカットはきつかったですね。読まなかったのかな。

司馬　ペリーは読んでいなかったかもしれません。その当時の攘夷浪士が攘夷の名のもとにずいぶん人を斬りますね。私、それは無意味だと以前は考えていたのですが、このごろになって、それがあったから外国が侵略しなかったのだと思うようになりました。つまり、うかうか侵略して内陸戦になると、たいへんなことになるということですね。

岡　たしかにそうだったですね。生麦《なまむぎ》事件が、そもそもイギリスをして薩摩と手を握らしめたもとです。あのあと、まだ無鉄砲な戦いをやったものですから、なおさら手を握ることになった。

司馬　生麦事件後の薩英戦争でも、イギリスの艦隊司令官が勝手に戦争を始めたものですから、イギリス政府は司令官に対してしかっております。日本と戦争するような権限を君に与えたことはない。戦争をするな。うるさいことになるとね。
岡　それがザビエルの手紙の影響なのですか。
司馬　はっきりとはわかりませんが、日本人がうるさいことは相当拡まっていたのじゃないですか。日本人は非常にうるさい。まかり間違うと、内陸戦でこっちがやられる……。
岡　そりゃそうですよ。オール・オア・ナッシングのナッシングで立ち向かうのは日本人だけです。向こうのほうは、オールによりかかって立ち向かってくる。
司馬　それが、案外日本を列強の侵略から守らしめたことになるだろうと思います。とすると、いま日本列島を守るのに、なまじっかわずかな兵隊やジェット機や戦車をそろえるよりも、もし外国人が侵入してくれば、総員ゲリラになるだろうということになるかもしれませんね。
岡　そうそう、そのとおりです。
司馬　総員ゲリラの可能性、民族的気配を外国人が感じれば、攻めてこないでしょう。

岡　日露戦争に勝って以後、こいつ、うるさいというのでアメリカに目をつけられたのですね。あのへんでじっくり自らを知り、敵を知るべきだったのです。

司馬　大東亜戦争に踏みきったのは官僚です。軍人、文官を含めての官僚です。官僚が戦《いくさ》をやって勝てるはずがありません。

天皇の性格

司馬　岡先生、天皇さんというものは政治をなさらんほうがよろしゅうございますね。大閤以来、やっぱりそのほうがようございますね。

岡　〝太上、徳をたつるあり〟これをやっていただきたい。あとは〝言をたつるあり、行をたつるあり〟となる。〝太上、徳を立つるあり〟を自らやろうとすると、徳にはならずボスになります。

司馬　後醍醐天皇のようにね。

岡　ええ、ですから「夕されば高角山《たかつぬ》に鳴く鹿のこよいは鳴かず寝ねにけらしも（舒明天皇）」こうなればいいのです。

司馬　政治をなさらないのが日本の天皇さんだと思うのです。大神主さんであって、中国や西洋史上の皇帝ではなかった。あの存在を皇帝にしたのが明治政府ですが、どうもまずかった。

岡　信長は、うまくいったら自分がボスになろうとしました。秀吉は、うまくいったら自分がボスになろうとしました。家康は、うまくいったら自分がボスになろうとしました。では、なぜ、神々が家康に天下を任せたか。ひどい利己主義だから自ら崩れると神々は思った。それで明治維新にきた。憲法を発布し議会を開いた。そこまではいいのです。ところが、アビリティを使わない方を上に置き、エッセンシャル、たいせつなことと、トリビアル、つまらぬこと、この見分けのつく人が補佐すべきだという根本原理を忘れてしまったのです。上に立つ方は、無である方がよいのです。

司馬　無であるというのが日本史上の天皇ですね。

岡　無であるということは、武士であるということを不可能にすることです。その下には、エッセンシャルとトリビアルとの見分けがはっきりわかる人を置くべきです。天皇に生まれるというのは、神がそこへ置くということです。天皇の位に生まれると、できることは何もありません。好きなこともやれない。その下で、司馬さんは司馬さんのやりたいことをやり、私は私のやりたいことをやるほうがいいでしょう。天皇に生まれようとは思いません。これは血統じゃない。人というのは不生不死だから。つまり、血統を借りて生まれます。天皇とは、私の言葉では、神がそこへ置くのです。そんな位置に置かれたら何もできない。無でなきゃいけない。全くの無でなきゃいけないでしょ。人は、その人、その人に応じてエッセンシャルを行なえばいいのです。エッセンシャルには個性があります。それに応じてやればいい。こういうことを歴史で教え、教育に取り入れたら、そんなふうに選挙でりっぱな人が選ばれます。すると、いまの憲法や議会政治のもとでもうまくいくと思います。

司馬　そうでしょうね。明治以後の天皇制は日本の自然な伝統からみると間違っていますね。

岡　信長はよくやってるんだがボスになる。秀吉もよくやってるんだがボスになる。いくらやっても、結局ボスになる。この傾向を除き去ることはできないでしょう。それゆえ、天皇は是非いるのです。私は、そういう見方をしています。

司馬　それはたいへん結構ですね。

岡　書きにくいのですがね。私はそう思っております。全く無の人をそこへ置くべきです。

司馬　老荘のいう無の姿が、日本の天皇の理想ですね。〝無為にして化す〟……。

岡　老荘のいう無であって、禅のいう無ではすでに足りません。禅のいう無はその下に置くべきです。〝無為にして化す〟全くそのとおりです。

司馬　自然と日本人の心の機微が天皇というものをうんだのですね。

岡　しかしね、この意味は匂わすだけでなかなか書けないのです。あんまり機微に触れたことは書けません。

司馬　よくわかります。

岡　わかっていただけるでしょう。それとなくいうのが一番いい。全く無色透明なものを天皇に置くのが、皇統の趣旨です。これなくしてはボスの増長を除くことはできません。

司馬　是非いりますね。一番よくわからないのは、右翼的な考えにおける天皇制。あれは間違いですね。日本の本質をわきまえておりませんね。

岡　本当の忠君愛国ができなくなる。

司馬　実に害を及ぼしました。山県有朋がロシアの戴冠式に日本代表として参列しました。皇帝の荘厳さを装飾することにかけてはロシアはものすごいものでして、山県はすっかり参ってしまって、日本の天皇もこうなくっちゃいけないということになったのです。

岡　ばかだなあ。

司馬　こういう連中が出てきてだめになってきたのです。日本の天皇は気の毒なことになってきたのです。

岡　明治維新のために必要になってきたのでしょうが、国学者の平田篤胤《あつたね》、あそこから間違ってきていますね。また宋学の尊王攘夷の王というのを日本の天皇にあてはめた朱子学、陽明学の徒もやはり間違っている。しかし、平田篤胤がもっともいけません。

司馬　平田篤胤は困る。

岡　明治維新のために、天皇を標語のように昂揚しなければならなかったかもしれませんが、日露戦争がすんでからはやめてしまえばよかった。

司馬　明治維新のときでも、平田門下がどれだけ働いたかは疑問ですよ。

岡　働いたのは平田門下じゃなく、むしろ楠木門下でしょうな。

司馬　結局、平田門下の国学者は一グループ働くのですが、島崎藤村の『夜明け前』の主人公をみても想像できますように大した働きじゃありません。

岡　本居宣長は万葉を調べ、真剣に古事記を調べた。これは道歌でしょう。「敷島の大和ごころを人問はば朝日ににほう山桜花」とつかみ出しているのは、さすがに偉いと思います。ただ「敷島の大和ごころ」がすでにいいすぎ。古事記というのは、そんな簡単なもんじゃありませんよ。それを平田篤胤は「天照大神は、あれ、あそこに見える太陽、その子孫が、これ、ここにある万世一系の皇統」とやったのです。これは完全に自然教です。

司馬　平田新興宗教です。

岡　新興宗教ですね。過激派があれによって動いたかな。

司馬　明治維新に平田国学のグループはおりましたが、大きな働きはせずに終わりました。

岡　明治維新ではかりにそうであったにせよ、明治の政体、並びに大正、昭和にはいってからの軍部の動き、これみな平田流の作文によって動いたのです。影響は大きいなあ。

司馬　ここで正確にいっておきたいのですが、平田篤胤自身は幕末も明治維新も知りません。それ以前に死んでいます。門弟しか幕末を知らない。門弟は幕末では……。

岡　何もしてませんか。

司馬　ちょっと変な、いまの三派全学連のようなことを一つ二つしておる程度です。

岡　三派全学連にどこやら似てるな。

司馬　似ています。たとえば、京都洛北の等持院にある足利将軍歴代の木像の首を切った。それ以外は、あまり現われていない。明治になって、彼らに報いなきゃいけないというので神祇院をつくったのです。神祇院をつくりまして、神祇院に平田門下を全部入れました。神祇院で神主さんのことを取り扱わせる。ところが、神主のことをやってるだけでは満足しなくて、排仏毀釈《きしやく》を実行したのです。それは明治政府、最大のミスです。

岡　廃仏毀釈をすれば、神道を説明する言葉がなくなってしまう。

司馬　仏によって神を説明していたのですからね。

岡　そうですよ。そのために聖徳太子が仏教をお取り入れになったのです。

司馬　神道はボキャブラリイを失ったわけですね。

岡　ボキャブラリイがないわけです。あと、お稲荷さんだの、なんだのいっても、全然神道にはなりません。

仏教放談

司馬　私の祖父は数学のスの字の段階ですが、和算をやりました。
岡　あれは大したものですよ。
司馬　あれは剣術の試合と同じで、額《がく》を上げるのです。姫路の郊外の生まれですが、和算の大先生がたとえば三条大橋の湾曲度を調べて円の大きさを出せと、問題を出して大試合をするのです。
岡　いまの人はそんなこと何の益ありやという。
司馬　答の合った人は、お宮に額が上がるのです。私、一昨年姫路へ行って、その額の上がったお宮へ詣《まい》ってきました。姫路の南方の郊外の広という村です。
岡　いい場所ですねえ。小山がたくさんありますねえ。
司馬　私の先祖は代々四百年、そこに住んでいました。本願寺の門徒です。私は祖父を見たことないのですが、非常に好きです。
岡　それはまたおもしろいなあ。祖父は見たことないが、非常に好きだとは。実におもしろい言葉だ。

司馬　日露戦争あたりまでチョンマゲをつけてたのです。明治五年ごろに大阪に出てきてお餅《もち》屋さんになった。難波のちょっと南側のところで、お餅とかおかきを売ったわけです。その当時、安い台湾米がはいってきました。祖父にしてみると、台湾米をお餅やおかきに入れて売るというのは、船来品を売ることになる。船来もん売ることはよくない。それで台湾米を混ぜないためにコスト高になって、もうからなくなったのです。チョンマゲをつけてたのですから、土俗的な攘夷主義者ですね。私は祖父の生まれた村を知らなかったので、一昨年行ってみたのです。広村に着いたときはまっくらでした。尋ねて行くと、その天満宮があった。その天満宮に玉ぐしがあって、祖父の名前が彫ってあるということしか知らなかったのですよ。境内は全くまっくらなんです。玉ぐしが千ほどあって、祖父の玉ぐしなどとても見つからない状況でしょう。ところがです、懐中電燈をパッと照らすと、そこに私の祖父の名前があったのです。祖父と孫の私は、懐中電燈をパッと照らしたそのときに初めて対面したのです。不思議に思いましたね。懐中電燈を照らすと、祖父の玉ぐしが出たのですからね。私は神秘論者でもないし、怪力乱神を語る者じゃありませんが、奇妙な感じがしましたね。その人のことが気にかかってならず、調べているうちにそういう妙なことに出くわすことがときどきありますね。小説の素材の場合でもそうです。気にかかって調べているうちに、いくつかの不思議なことがありますね。もっともこういう不思議さは座興にはできても溺れると、小説は書けません。それを突き放さなきゃいけません。

岡　司馬さんはさっき、〝無為にして化す〟、老荘が政体に表われているのは日本だけだとおっしゃった。うまいことおっしゃった。大した文才です。書けるはずだ。禅は天才の道だとおっしゃったのはどういうことですか。

司馬　私、新聞記者をやってましたとき、宗教が受け持ちという妙なことでした。まだ若い二十歳代のときに、お寺を回らされました。禅坊主にもずいぶん会いましたが、ほとんどが常人より悪い。常人のほうがましなのです。うどん屋のおやじとか馬力引きとか、タクシーの運転手のほうが、いっしょうけんめい働いて、この盆暮をどうしようかと思って暮らしている人たちのほうが、はるかにましなんです。禅坊主ってのは、なんでこんなに悪いのかと思った。禅そのものが悪いというふうにストレートに受け取ってもらっては困りますが、天才の道を常人がやるとひどい俗物になってしまうという感じがしますね。禅には八方破れの面がありますが、これを悪用すると、自己弁護ができるのです。禅宗の坊さんが、いろんな悪いことしても、これにはこういう理屈がつくのだといって、禅的に理屈をつけることが多いのです。禅とはそれそのものはたいへんなものですけど、これはやはり生まれついた人間がやらなければいけませんね。道元、白隠にしてやれることであって、あとは死屍累々《ししるいるい》ですな。

岡　まあ、せいぜい一万人に一人。

司馬　その割合はあるいは甘いかもしれませんね。十万人に一人です。

岡　禅に限らず、僧侶は十万人いる。ところが本物は百人だと、薬師寺の前管長橋本凝胤《ぎょういん》もいっています。

司馬　そんな割合なら、うどん屋の同業組合のなかで選べますからね。

岡　選べますとも。巷《ちまた》にそのくらいはおります。

司馬　だけどお坊さんを改悛《かいしゅん》させて俗人にしなきゃいかんことが、岡先生のご任務じゃないでしょうか。奈良に住んでらっしゃるから。

岡　仏教廃止にしましょうか。

司馬　仏教廃止もよろしゅうございますね。えらいところで共鳴してきたな。

岡　でも、いろんな仏たち、たとえば法隆寺でいえば救世観音、新薬師寺の十一面観音、みんな残さなきゃいけません。

司馬　仏たちは尊うございますからね。お坊さんと仏たちとは違うんだから。

岡　くそ坊主は追い払いましょう。お前たちにはご用ずみだ、迷信と葬式仏教によって食べていこうとするな。

司馬　岡先生はときどき念仏を唱えられますか。

岡　唱えます。光明主義は本物です。

司馬　光明主義は法然さんから出ているのですか。

岡　いや、全然。法然のは「あみだぶつというよりほかは津の国の浪華のこともあしかりぬべし」です。私にいわせれば、何を勝手な横車。「一つ山越しや他国の星の氷りつくような国境《くにざかい》」と思っています。あんなものはいけない。私がまっこうから反対しないのは、いまだいぶおとなしくなって無害になっているからです。法然、親鸞、みないけません。

司馬　ほう、なかなかすごいですね。

岡　光明主義というのは、「人類は、二十億年前単細胞であった。それがここまで向上してきた。これは偶然ではない。如来光明によるものだ」というのです。「からだの向上はこれでよい。これからは心の向上だ」というのが光明主義です。

司馬　すると親鸞のいう往相と還相のうち、還相を尊ぶわけですね。

岡　親鸞が何をいったか知りませんが、彼は法然の流れをくむ者です。私は無視しております。認めません。

司馬　私は、親鸞の宗旨を何百年も信じてきた家系のせがれですが。

岡　神国という仏国土、日本へきて勝手な横車です。ともかく親鸞は法然の流れをくむ者。その法然は「あみだぶつというよりほかは津の国の浪華のこともあしかりぬべし」です。これは排他主義です。三十万年来、日本は神国という仏国土であって、義理もあれば人情もある。いまさら、法然のいう浄土へひとりのこのこと行けるものか、と私は思います。その流れをくむ者が親鸞ですからね。認めません。ただ、あと回しにしているのは無害だからです。害があるのは創価学会。これは放っとけません。全体主義です。

司馬　あれは仏教とは非常に違ったものです。

岡　日蓮上人をまねているが、日蓮は日本の国体をよく知っていました。創価学会は知らないらしい。やり方は全体主義です。こいつは危険です。歴史の非常時点においては薬師如来のごとく行ない、正常時点では阿弥陀如来の如く行為せよ、というのが仏教だと私は思っています。神道は実践しなければ意味がありませんからね。その神道の原理を説明するのに仏教は役立つ。善行を行なうことによって人を感銘させ向上させるのが神国日本の菩薩道です。善行を行なえば人は感銘しますよ。この国の人はレシーバー持っていますからね。感銘すれば向上します。

防衛論

司馬　今日、われわれは防衛という問題を考えずにはおれないのですが、私のような、そういうこととは無関係な生活しておる者でも、なんらかの考えを持たねば暮らせないような時代になっています。ところが、いくら考えてもわからないことがある。少し話が誇大になりますが、日本を防衛するといっても、どこまで防衛するのかというリミットの問題が生じてきます。幕末にいい例があるのでお話しします。幕末のインテリのなかで代表的なのは薩摩藩主の島津斉彬です。たいへん傑出した人で、オランダ語、支那語もできた人です。彼がいろんな世界情勢をふんまえた上で、日本の防衛論を立てるのです。それがまたすごいもんです。日本は列島だから防衛できない、外へ行け。出て行く以外に防衛はないというのです。九州の大名はニュージーランド、オーストラリアへ行け。中国の大名は支那本土へはいれ。東北の大名は沿海州から満州へはいれ。支那本土は、太平天国の乱で大半が荒らされ、混乱につけ込んで列強が分け取りするだろう。日本にとっては脅威になる。それゆえ、支那本土を囲む態勢を取れというわけです。すると、斉彬と同じく幕末の傑出した大名で佐賀藩の鍋島閑叟《かんそう》が、明治元年鳥羽伏見の戦が終わって京都へ上るべく大阪の宿で泊った。そのときに、たまたま新政府は都を京都から大阪へ移すらしいというニュースがはいった。鍋島閑叟はそれは間違っておる、東北に移すべきだ。できたら秋田に移すべきだ。会津藩その他を攻めずに会津を旗頭にして東北諸藩をして沿海州から満州へはいらしめよ、というんですよ。

岡　しかし、それは侵略思想ではないんですね。

司馬　ええ、この鍋島閑叟にしても島津斉彬にしても、侵略思想は皆無なのです。蘭領インドシナの石油を取ってやろうとか、そんなことは思ってないわけです。大東亜戦争のときのように、軍需資源をおさえる意味での進攻作戦ではない。この場合は地勢的防衛思想です。非常にかわいらしいような話ですよ。野心がなくて実験室的に話しているのですから。それゆえにこそ、いま傾聴すべきです。というのは、防衛にこだわりすぎると、そこまでまたやらねばならない。日本列島の宿命として、外へ出て行くよりしょうがない。むろんわれわれはすでに教訓を知ってるわけですから、やりませんがね。おまけになまはんかな防衛は金が高くつく。たとえば、昭和十年代で戦車は三十五万円、戦闘機が七万円、爆撃機が二十万円でした。いま三菱で造っている自衛隊の戦車は三億いくらです。この間チェコへ侵入したソ連の戦車は一台二十億円はしますでしょう。

岡　ほう、戦車ってそんなにするんですか。

司馬　ええ、それがチェコへ四千台行ったそうですから、たいへんな金額のものが行っている。そういう金はとても日本にはありませんし、イギリスにもない。フランスにもない。そうすると、今日の軍備はアメリカとソ連しかできないことです。そんなに金のかかるのなら、いいかげんにやめたほうがよいと思います。これは現存するものをつぶせというのではない。いまの自衛隊程度は置いておく。侵略を受けた場合はどうするか。侵略を受けたらよろしい。敵兵を上陸させたらよい。そのかわりに敵をただでは帰さない。つまり、個々にただでは帰さないということう度胸と大勇猛心があればいいのです。日本人はそれを持っているということが、他の大国にわかればやってこないです。それを自然とわからせたい。

岡　日本人は気が向かなきゃ働かない国民だということも、よくわからせてやったらどうですか。資源もないし占領してもしょうがないことを。

司馬　わからせてしまえば、また無意味なことで、そこに矛盾撞着《どうちゃく》はありますがね。

岡　おもしろい防衛論です。大賛成です。

司馬　私のは、こうせよという結論のない話なんです。いまのところ、そこまで考えてポツンと切れているのです。いまの話とつながりがありますが、徳川時代に朝鮮から通信使というのが定期的に幕府へ来ていました。朝鮮の最高のインテリが大使となってくるのです。そのたびに、日本のインテリたちが待ち受けて筆談で語り合うのです。そこで朝鮮のインテリが、日本人というのは警察官がいなくてもすむというが本当かとたずねています。罪を得た日本人というのは、警察官の手をわずらわさずに自らを消す。腹を切って死んでしまう。だから、警察官というのは必要ないんじゃないか、と。こういう話を聞いているが本当なのか、とたずねるのです。さすがの徳川幕府の学者もあわてましてね。それは違うんだ、それは薩摩藩だけだ。ほかのところはそうじゃないと答えています。だが、その話は朝鮮、支那、ヨーロッパにかけて相当広まっていたのです。でも薩摩藩には、一番日本人らしい日本人が温存されていましたね。幕末にも鎌倉の気風のあるところでした。

岡　もっと昔の〝みつみつしい久米の子ら〟ってところもありますね。

司馬　そうです。久米の子らとか隼人《はやと》とかの心映えが薩摩にはあったのです。とにかくいまの朝鮮の通信使の話にしても、原日本人的な感じがするのです。それが誇大に世界に伝わってくる。伝わっているがゆえに、うかつにさわっちゃいけないぞ、火傷《やけど》するぞという警戒心が外国人に生じます。それだけでも効果がありますね。

岡　イギリスがそれでしたね。薩摩は朝廷自体の側近じゃないが、御盾《みたて》となるのですね。容易に立ち上がらないけれども、食いついたら離さないブルドッグのようなものです。イギリスはそれを知ったのでしょう。皇室の御盾であって、皇室の近臣でないことは西郷隆盛を見ればいいです。さっきも申しましたが「晋どん、もうよかろう」といって死んだ。言葉の語尾がいかに大事かということです。

司馬　人間を書くのにむずかしいのは、そういうところです。西郷隆盛という人はなかなか判断しにくい人ですからね。

岡　人心の機微は、言葉の語尾にありますね。ひとりの機微を知れば、だいたいの帰趨《きすう》がわかる。それが史眼です。

司馬　幕末の列強にしても、なぜ日本へ接近してきたか、一番の理由は何かを考える必要がありますね。彼らがほしかったのは金でも資源でもない。港湾なのです。港というのは非常な資源です。当時の蒸気船は二十日走ればもう石炭がなくなるのですよ。石炭がなくなるから港が必要なのです。港があれば、たとえばもっと大きな捕鯨船なら、もっとたくさん鯨が獲れる。ですから、日本が港を開けば、アメリカの捕鯨会社は北氷洋へ行けます。港は大きな資源です。金とか鉛とかアンチモンがなくても、港がほしかったのです。歴史にたくさんの資料がありますとくに近世にあってはそうです。たくさんの資料や人物のなかから、百に対し一を書かなければならない。何が百を負うに足るほどの一であるかを発見するのが、歴史家の仕事です。

岡 史眼とは、そういうことにあることを蘇峰などは知らなかったわけですね。

司馬 徳富蘇峰の前に山路愛山がいました。この人はもっと評価されてよいと思うのですが。大正初年ですか、あの時期にあんな仕事してるのは不思議なくらいです。旧幕臣の子孫でして、お父さんは彰義隊に参加し、箱館へと行った。当時彰義隊に参加した人は、なかなか逮捕がこわくて家へ戻れない。愛山のお父さんも明治十九年になって裏戸を叩いて戻ってきたというのです。愛山はお祖父さんに育てられたのです。お祖父さんは幕府の数学者で天文方でした。関孝和の何代目かの弟子で、浅草にお屋敷があって天文方に勤めていました。先祖は、例の賤《しず》ケ岳で加藤清正に首をとられる山路将監です。その家系がやがて徳川に仕え代々数学者でした。愛山の歴史学は、非常に経済的で数学的な史眼があり、しかも叙情がある。ただ一つのウィークポイントは、徳川家康に対してだけは、家康とはいえない、家康公といってしまう。幕臣の子だからそうなるのでしょうね。

岡　三英雄のうちで、家康だけは英雄というのはいやなくらいです。そんなに身びいきに盲目になったらしょうがないなあ。

司馬　身びいきじゃありません。やっぱり三百年の禄です。お扶持《ふち》をいただき、自分の先祖が十五代ご飯を食べさせてもらったというね。

歴史のおもしろさ

司馬　歴史を調べているといろいろなことがわかりますが、人の恨みって恐ろしいですね。

岡　情けないことだけどありますね。恨みは長く残るということ。

司馬　長州藩にしても、関ケ原で敗れるまでは、中国地方の王様くらいの禄高があったのです。

岡　十二国を領していた。

司馬　それが防長二州に押し込められ、お城も瀬戸内海の海岸はいけない、日本海岸に設けよ、ということになって萩に行ったわけです。十二州が二州になっても、それまでの家臣はついてくるわけでしょう。たいてい無禄でよろしゅうござんすといってついてくる。防長二州でははちきれるような人数になった。彼らに対していちいち手当が出せない。彼らは野山を開墾して食べた。それぞれ自分の家系がありますね。おれのところは先代まではゆうゆうと食べられた。いまは野山を切り開いて耕す身の上だが、これはみな徳川家のせいだ。徳川がこうしたのだ。いわば、食い物の恨みです。これが長州では先祖代々伝わった。長州の人間は足を江戸に向けて寝るという伝説ができたのは、その恨みからです。歴史というのはおもしろいですね。食えないから干拓する。瀬戸内海沿岸の干拓をいっしょうけんめいやって米を獲ろうとする。自ら働き者ができます。干拓だけではなく砂糖、紙、樟脳などの産業にも力を入れました。すると産業国家ができ上がってくる。今度は現金ができるわけでしょう。ですから商売の感覚ができるわけです。商売の感覚ができたら、天下国家がわかる。百姓は天の理のみしかわからないが、商売だと天下国家がわかる。すると、そういったいろんな要素がミックスされて、幕末の長州ができてくるわけです。歴史とは恐ろしいもんです。

岡　長い目で見たらわかるものを、短い目で見るからわからんのですね。

司馬　そうです。長い目で見たらパッとわかることがある。恨みの別な例をあげると、土佐ですね。土着の大名長曽我部《ちようそかべ》は、関ケ原で敗れて徳川家につぶされ、山内家がはいってくる。土着の百姓、漁師に至るまで土佐の人は長曽我部の遺臣のつもりで、駿河の掛川からきた山内家に反抗心を持っています。

岡　たった五万石から二十四万石になった成金ですね。

司馬　それが非常に積もってゆくわけですね。上士と郷士の階級闘争ができてゆく。そして、その階級闘争の図式であてはめる以上に怨念《おんねん》というものを徳川幕府に対して持つわけです。それが土佐では他国にない思想を生むもとになります。明治の自由民権運動の思想を生むにいたるのです。ですから、何事もむだにはできていないわけです。長曽我部が滅びるのは、自由民権運動が起こるのと結びつきがあるわけです。

岡　坂本竜馬もそうですね。

司馬　そうです。ドイツ人の原型だってそうですよ。私はスラブに興味があって、スラブの歴史をできるだけ調べることにしてるのです。そのうちに、自然にゲルマンの人間がスラブの世界にはいってくる姿もわかってきました。ゲルマン人というのは強いですね。強い理由は、あの野蛮な時代に、ゲルマンだけはモラルがあったのです。野蛮時代には夫婦のモラルなんてなくて、いいかげんな線でくっついていたのですが、ゲルマンはきちんとしていたのです。法律が好きで、つくり上げ、守っていく。現在のドイツ人の原型はすでにチュートンの森をうろついていた狩猟民族に認めることができるのです。習性の影響力は大きいものです。

岡　そういう原型を持っていたとすれば、胡蘭成さんの言葉を借りれば、彼らには悟り識が開けていたのだと見るほかないでしょうね。

司馬　スラブを考えてみておもしろいのは、チェコ人にはロシヤ人が理解できないだろうということです。自由化しようとしてチェコ人はソ連に反抗しましたね。

岡　このごろのチェコは見上げたものです。

司馬　チェコ人に理解できないわけは、やはりもとを尋ねなければいけません。それはスラブ人はギリシャ正教で、チェコ人はローマン・カトリックだったからです。同じキリスト教でも、一方は比較的文化の低い中近東に流布したギリシャ正教の、つまりネストリウスの派ですね。それはコンスタンチノープルを宗教的主都としてあったものです。それと、ローマというヨーロッパ文明のまっただなかにあったローマン・カトリックとの違いを見なければいかんと思います。

岡　宗教はものを見る場合に重要ですね。

司馬　宗教はおろそかに見逃せませんよ。チェコはローマン・カトリックなのです。ローマン・カトリックはヨーロッパ文明とともにあるものです。ところが、ギリシャ正教を経てロシヤ革命が成功してからでも、ロシヤは宗教を否定していますが、ものの考え方はどうしてもギリシャ正教です。ギリシャ正教はガリレオと対決したこともない。マルクスと対決したこともない。プロテスタントを生んだこともない。歴史的に停頓《ていとん》した宗旨なんです。宗教性を考慮しないと歴史はわかりませんね。私たちがロシヤ人を知ろうと思えば、ギリシャ正教の教会へ行ってステンドグラスを見たり、神父さんのお祈りの姿を見たりしなければなりません。私、京都におりましたとき、よくギリシャ正教の教会へ行きましたが……。

岡　やっぱり文士だなあ。私はドストエフスキーは神秘だとまではわかるのですが、ギリシャ正教の教会まで見に行かない。

司馬　やっぱり不思議なもんでございますね。仏教でいうお荘厳《しょうごん》、飾りものですね。お荘厳とか儀式というものが、真実への到達の道だということもわかりましたね。理屈じゃないです。教会で荘厳な儀式をやってるなかで、真実がときどきひらめくものだということしかありません。そういうお宗旨です。それだけのものですが、それはまた、はかりしれぬ大きなものです。ところが、ローマン・カトリックはうんと理屈を出してくるゴッドです。トーマス・アクイナスのような偉い理屈屋がおりまして、うんと理屈をいって神さまが出てくる。いまでなら、バルトというような神学者が出てきて、うんと理屈をいう。それでゴッドがやっと出てくる。ところが、ロシヤ人が信じたギリシャ正教というのは、儀式をやってるうちにキラッとひらめくと神さまが出てくる。

岡　それだったら、行為によって純粋直観を表現するという形です。

司馬　そういうところがロシヤ人のわかりにくいところです。

岡　日本人と近いんじゃないかな。

司馬　案外近いかもしれません。

岡　日本人は、行為によって行為を行為で受ける。言葉ではわからなくても、わかってる人には感銘だけが残る。

大和古事物語

司馬　古事記はむずかしい。天がきょうは澄んでるなあというようなことが感じられる心とか、春になって草が萌《も》えてきたぞというようなことがわからないと読めないものですね。

岡　春になって草が萌える、陽炎《かげろう》が立つ。これを知らないものは生命を知らないものです。

司馬　私の母親は大和の葛城郡の竹内という村の生まれで、私は子供のころ、そこで育ちました。葛城山のふもとから大和盆地を見ると耳成《みみなし》山、天《あま》の香具《かぐ》山、畝《うね》傍《び》山が霞《かす》んでおりまして、子供心にこんないいところ日本にないんじゃないかと思ったんですよ。

岡　私は大和三山を詳しく知りませんが、非常に細かく見分けがつけられていますね。

司馬　ええ、それにいろんな人格を想像しておりますね。

岡　日本民族はデリケートな神経を持っていたのです。

司馬　私の育った村の街道が竹内街道といって、大和の三輪神社の場所から発しております。あれは土着の神様で、神武天皇以前からある神様です。おそらくは土着の酋長の帝都だったのだろうと思われます。街道はそこからまっすぐに人工的につけられたのだろうと思いますが、西に直線的に向かい、葛城山を突き抜けて行きます。難波の津へまっすぐに行きます。難波の津には朝鮮からきた船が浮かんでおり、文物がその道を通って大和へはいる。まあシルクロードみたいなものですね。

岡　実際そうでしょうね。三輪明神は伊邪那岐命《いざなぎのみこと》、伊邪那美命《いざなみ》ですか。

司馬　そうじゃありません。大物主命《おおものぬし》。

岡　大国主命《おおくに》とまた違うのですか。

司馬　同じだともいうのですが。大きな大地の主という程度の意味です。国津神《くにつかみ》の大親玉、ボスです。

岡　あんなところに国津神のもとがあったんだなあ。外来文化受け入れは、天津《あまつ》神というやさ男を国津神というしっかりした女性が受け入れたことになるのですか。

司馬　受け入れておりますね。天津神と国津神のけんかは非常に少のうございますね。こんなことをいうと誇大妄想狂に見えるかも知れませんが、その当時、といってもいつの時代かわかりませんが、その当時天津神の村と国津神の村が隣りどうしでした。天津神の村はインドネシヤ語を話していたのか、国津神の村が朝鮮語を話していたのかはっきりわかりません。つまり、朝鮮語といっても朝鮮の言葉ではなくて、ウラルアルタイ語族に属する言葉を国津神が話し、南方のポリネシヤ、インドネシヤの、ネシヤのつく言葉を話すのが天津神。

岡　どうも天津神は南からきた感じです。

司馬　それがそうともいえない。言葉に出すと間違ってしまう世界です。言葉に出して説明すると、いや、それはちょっと待て、と異論が出る世界です。

岡　瓊瓊杵命《ににぎのみこと》まで上ると、いったいどちらがどちらだかわからない。神武天皇あたりなら、割合にはっきりしてますが。

司馬　そうですね。いま大和で対談しているので大和のことが頭に浮かぶのですが、吉野に葛《くず》という所がございますね。葛というのは地名で、しかも種族でございますね。葛の舞というのもございます。葛の連中は、伝説では神武天皇が熊野から大和盆地へはいってくる際に山の中で道案内をします。井光《いひか》という酋長が案内します。しっぽがあって井戸から出たりはいったりし、井戸にはいるとボーッと光ってるから井光。それがいまの近鉄の阿太駅のあたりへ出てきたときに、阿太の酋長が鵜飼いをしており、その鮎を献上しました。

岡　古事記に鵜飼いの話ありますね。私、読みました。

司馬　葛の連中は、神武天皇の人たちを案内したのを誇りに思っております。奈良盆地に都が転々としているときに、都に儀式があると出てきて、土人が舞うような舞を見せるのです。それで帰って行くわけです。で、壬申《じんしん》の乱という皇統が乱れた戦いがありましたね。そのときにもやっぱり葛の連中が出てきて戦うのですよ。

岡　どっちにつきました。

司馬　天武さんのほうについています。そして帰って行くときは、恩賞ももらわずに帰って行くのです。どう調べても恩賞をもらっていない。ただ働きで帰って行くのです。いつもただ働き。

岡　えらいですなあ。

司馬　おもしろいですねえ。時代が飛びますが、南北朝になると南朝につくのです。大塔宮について、かくまったりします。幕末になると、また出てくるのです。これが十津川《とつかわ》です。その十津川の連中が出てきて、薩摩藩邸と同じように十津川藩邸をつくって宮廷の守護をするのです。それが明治維新になるとまた帰って行くのです。明治政府は、それじゃあんまり気の毒だというので一村全部を士族にした。徳川時代の区分では百姓でした。これが唯一の恩賞です。もうひとつ最後におもしろい話があるのです。十津川郷士のなかで、ある事情で男爵をもらうことになった人がいるのです。前田という家が男爵をもらうことになった。すると十津川の人たちは、前田出てこいと川原へ呼び出して袋叩きにした。この十津川村は壬申の乱以来、葛のものは、中央に事あるごとに出て行って働いた。しかしながら、恩賞なんかもらったことがない。そして一村平等でやってきた。おまえだけ男爵もらうのは何事か。もらうか、もらわないか、と詰め寄った。すると、もらわないというんですね。そのセリフがいいじゃないですか。だから、日本の歴史というのは続いているのですね。

岡　それが神国日本です。日本民族らしいレシーバーを十分備えた人たちですね。うれしい話ですね。レシーバーが大事です。発信できる、できないより、レシーバーを持っていることが大事なのです。

美へのいざない

井上 靖
岡 潔

井上靖（いのうえ・やすし）
一九〇七年、北海道上川郡旭川町（現旭川市）生まれ。京都帝国大学文学部卒。毎日新聞社勤務を経て、五〇年「闘牛」で芥川賞受賞。九一年逝去。著書に『あすなろ物語』『風林火山』『氷壁』『天平の甍』『ある落日』『敦煌』など多数。

文明というイズム

井上　先生は、お寒さは平気なんでございますか。

岡　暑いのは平気なんですけど、寒いのはどうも……。まあ、奈良は寒くて暑いところですが。井上先生は京都に何年くらいおられたんですか。

井上　大学を落第しましたから、京都に四年ほどおりましたけれど、新聞記者のとき、大阪の毎日新聞に勤めておりました。そのころ京都に住みまして、全部で十年くらいになります。

岡　ほう、かなりおられたんですね。あの、この前の御作『夜の声』、感心いたしました。

井上　おそれいります。

岡　井上先生は、滋賀あたりの万葉にお詳しいですね。

井上　いいえ、歌の取り上げ方がかなりまちがっていると思いますけれども。

岡　非常におもしろかったのは、魔物の正体ということばです。たしか、正体ということばをお使いになっていましたね。

井上　はあ、使いました。
岡　魔物の正体がわからんから困る――非常におもしろいことばです。魔物の正体がわからん、といっている人、いま、井上先生だけでしょう。ああいったご研究は、ずっとこうなすって……。
井上　そういうことはありませんが……。
岡　魔物の正体がわからんと小説の主人公にいわせているのですが、先生自身、不思議だなあと思っておられることもあるんでしょうね。
井上　ええ、ございます。
岡　そうでしょうね。そこがたいへん実感があって、おもしろい。あれについて、ずうっと考えどおしで、汽車んなかも、そればかりでした。
井上　そうでございましたか。
岡　それで、私なりに考えてみた。あれは文明というイズムじゃないかと……。
井上　そうでございます。
岡　イズムちゅうのはこわいですよ。顔の形まで変わる。イズムができる場所が（ひたいをたたいて）ここなんです。つまり、万葉が宿る場所と同じなんでしょうね。だもんだから、ひどい影響がある。あの仏教の六道輪廻《りんね》の宿る場所も、ここなんでしょうね。

井上　そうですか。

岡　『ある偽作家の生涯』のああいう形で出たり、イズムの形で出たり、それから万葉の形で出たり、つまり（ひたいをたたいて）ここでしょうね。中国のことばで、ここを泥洹宮《ないおんきゅう》っていうんです。これは有無を離れる戦いという意味です。だから、ここにあるものは、どれも実体がないんですね。だからして、実体のない思想なんかがあると思ったら、だめなんです。つまり、日本人はすみれの花を見ればゆかしいと思う。それから、秋風を聞けばものがなしいと思う。そのとき、ここには、すみれの花とか秋風とかいうものはない。しかし、ゆかしいもの、ものがなしいものはある。

井上　なるほど。

岡　こういう思想は、東洋にはずっとあるんですが、西洋にはないんです。西洋では、まずそこに実体があるとしか考えられない。

井上　逆になっているんですね。

岡　逆なんです。実際見ているのに、そうなんです。それを正体のない魔物というふうにとらえていらっしゃる。あれ、ほんとうにお感じになった？

井上　そうでございますね。まあ、これは通俗的ないい方をしますと、自分の子供にいいたいこと――親としてでなく、何年か余分に生きてきてものを考えてきた人間として、子供にいいたいことがあるんですが、それをいえないのです。どうしてもいえない。そして時代がわるいとか、考え方の方程式がわるいとか、まあ、いろんなことはいえますけれども、ほんとうはそんなものでなく、もっと違ったもの……それもひっくるめて、もっと違ったものがある。それがどうしてもいえないのです。

岡　別の世界なんですね。世界が違う。なんか、そういったものに初めから絶えず興味を持って、お書きになってこられたと思います。中世がおもしろくてお書きになった時期もおありでしょうけど、やはり同じような興味の持ち方ですね。

井上　ええ、先生におっしゃっていただくとおり、いろいろな時代を書きます。しかし、結局はその時代を書くというよりも、そこに生きた人間の持っている、わけのわからないところを書きたいと……。

岡　なんか、一種の詩を感じる。東洋的な詩を感じるんですね。しかし、万葉をあれだけお調べになった。あれだけお書きになるには、相当お調べになったでしょう。日本をお調べになったわけでしょうね。それでいて、日本人を書いているとは思っていなかったでしょう。

井上　ええ、そういうことは考えないのですが、日本人が途中から変わっているような感じがいたしまして。いろいろな時代はありましたけれど、ある時期までは、日本人というものは、ほんとうに日本人だったと思うのです。いろんな欠点はあったとしても……。

岡　しかし、いまだって根本のところでは、すみれを見てゆかしいと思わない日本人、秋風を聞いてものがなしいと思わない日本人は、まだ出てなかろうと思う。それから、ものがなしいというのは、欧米人には説明のしようがないんじゃないか。

井上　そうですね。

岡　ものがなしいの「かなしい」と、喜怒哀楽の「かなしい」とは異質のものだと思うんです。あのかなしみはこういうかなしみだと、ちょっと説明できんのじゃないか。

井上　かなしいという字が、日本語ではたくさんあります。あわれ（哀）という字もかなしいと読みますし、ひ（悲）という字もかなしいと読みます。しかし、意味は違っていますね。

岡　喜怒哀楽のかなしいは、前頭葉で感じるんです。ものがなしいのかなしいは、頭頂葉で感じる。西田（幾多郎）先生のなすったことは、あれは西洋人の哲学の思索ではなくて、東洋の瞑想をなすったんです。パンセではない。瞑想というのは、西田先生によると心のことは心にまかせるということなのです。

井上　いいことばですね。

岡　私は西田先生のもの、読んでおりません。西洋哲学だと思っていたんです。それで、読まなかったんですが、あのことばを聞いて、それじゃやはり釈尊と同じようなことをなすったんだとわかりました。釈尊のしぶきも瞑想だと思う。泥洹宮に心を遊ばせる、泥洹宮を逍遥すると申しますか、ところで、井上先生は哲学をなすったんですか、美学をなすったんですか。

井上　美学でございます。

岡　まあ、似たもんですね。

井上　哲学科のなかに美学がありまして、それで哲学科を出たともいえるんですけれども、専攻は美学です。美学のなかにもいろいろわかれておりまして、私は美学のなかで詩をやりました。

岡　ああ、そうですか。井上先生のねらっておられるものは、常に詩ですよ。それぞれ違った味わいの詩を感じます。縹渺《ひょうびょう》として詩がある。それから、なくなってしまった民族の描きだした詩も、われわれの血のなかに脈打っている。なんか、そんな感じで、『敦煌』にしろ、『楼蘭』にしろ、おもしろい。ああいう民族があって、やはり日本民族なんかもあるんだなって気がしますね。滅んだ民族が滅びない民族に、深い色どりを与えているということ……。

詩のこころ

井上　先生は、新しい詩を、外国でいえばヴァレリイ以後の詩、そういう詩をお読みになることはございませんか。

岡　外国の詩は読みません。ぜんぜん、もう東洋から出ないんです。私は数学やってますけど、それはつまり西洋人がすらっと決めたものをやってるだけで、やはり、東洋人、特に日本人であるということ、つまり日本人としての頭頂葉を使ってやってる。もう、私はそればかりらしい。

井上　私は文字の上で詩というものを考えますと、やはり一番大きい影響を受けたのは、伊東静雄という詩人がございましてね。この人は五十歳くらいで亡くなりました。大阪の中学校の先生なんです。一般的にはあまり有名ではありませんけれど……。

岡　初めてうけたまわります、そのかたの名前。

井上　最近になって、私が関係してますような詩人の全集には、みんなはいりだしました。その詩人の詩ですけれども――よそから帰ってきて、書斎の机の前にすわって、蟬の鳴き声を聞くのです。その詩の一節に、「前生《ぜんしょう》のおもひ」ということばが出てきます。

岡　ほう、いいことばですね。それはいいことばですけど、蟬の鳴き声に前生のおもいを感じた人は、いままでに聞いたことがない。

井上　それと、ある胸のむかつきを感じるという二つの要素で、蟬の鳴き声を分析した詩があるのです。

岡　ああ、おもしろいな。蟬の鳴き声に前生を感じた人はないでしょう。実に初めてでしょう。

井上　私も、蟬の鳴き声は、その詩を読むまでは、いつも暑くるしい声だと思って聞いていたのですが。

岡　蛙鳴《あめい》蟬噪《せんそう》と昔からいいならわしていますね。まあ、芭蕉は、閑かさや岩にしみ入る蟬の声、と詠んでいるが、なんか、そういうことあったのかな。しかし、そうですか、前生のおもいとは、えらい人ですな。初めていうのはやはりえらい。赤人《あかひと》はすみれをゆかしいと見たんだろうが、ゆかしいといったのは芭蕉です。赤人は、ただよろこんで寝ただけじゃないかな。（笑い）指摘したのは芭蕉じゃないか。

井上　詩人といわれる人の仕事は、その指摘ということでございますね。

岡　行基菩薩《ぎょうき》が、ほろほろと山鳥の、って歌っているでしょう。そしたら、芭蕉はさっそく、ほろほろと山吹散るか、って詠んでいるでしょ。ああいうふうな……あれ、やっぱり指摘でしょうね。

井上　そうですね、指摘でございますね。

岡　なかなか、そんなに指摘の例は数多くあるもんじゃないんですね。

井上　文学者でも、思想家でも、哲学者でも、そうした指摘したものが積み重なってまいりますと、それが大きい文化遺産になっていきます。

岡　先生は、正体がわからん魔物というのを指摘された。実際、あれは水素爆弾よりおそろしいですよ、人類にとって。あれを退治しようと思ったら、やはり詩でしょうね。

井上　ええ、詩といえると思います。

岡　現代は、詩が欠けているんです。

井上　三好達治という詩人がおりますね。その人の詩の一節に〝海よ、僕らの使ふ文字では、お前の中に母がゐる。そして母よ、仏蘭西の言葉では、あなたの中に海がある。〟(『郷愁』より)というのがあります。この詩では、ここだけが詩だと思うのですが。

岡　フランスのことばでは、どうして母が……、ああ、メール(mère)か。

井上　mer(海)にmère(母)ですね。これは思いつきのように思われるでしょうけど、単なる思いつきの詩ではないんです。

岡　思いつきじゃありませんな。

井上　海と母との関係を指摘した詩です。私は詩の手本として、いつでもそれを感じるんですよ。

岡　ほんとうに詩とはそんなもんです。芭蕉が山吹に使っている、ほろほろっていうことば、ああいうのを使わなきゃ……。

井上　先生が指摘だとおっしゃった、その指摘ということばで一番よく説明できると思います。

岡　『夜の声』で、井上先生ははっきり指摘なすったんですよ。よほどわからなきゃ指摘はできませんよ。いえ、あれは水爆以上にこわいんですよ。そしてあれを退治るのは、結局詩でないと退治られないんでしょう。

井上　先生はいつか、どこかの新聞に日本の上代のことを書いておられましたね。「上代は民族が日本列島へいついた末世だ」というようなことばをお使いになっておられました。あのときは、ほんとうに参りました。私たちは、上代というものを自分たちのずうっと上のもうぎりぎりのところだと考えていました。けれども、先生はそれを末世と断じていらっしゃる。先生の文章を拝見しまして、上代という字を変えなきゃいけないと思いました。これは、確かに民族が流れついた末世でございますね。こう考えてくると、ずうっと開けてくるような気がするんです。

岡　それくらい開けてくれなくてはね。なんていいますか、人類がわけのわからん魔物のために滅ぼされようとしているって感じ――これを破ろうとしたら、それくらいでないといけないと思います。

井上　先生、人類っていうものは、いままで長い歴史を歩いてまいりましたけれども、今日の時点に目を置きますと、いままで経験しなかったような非常に大きい変わり方を、好むと好まないにかかわらず味わおうとしておりますね。

岡　これはもう、変わらなきゃ滅びるところへさしかかっている、と思います。だから、変わると思います。そうならなきゃ、神験はありゃせんので……。それにしても、ほんとうに『夜の声』は、あれは実にいい本ですなあ。

井上　ありがとうございます。こんなうれしいことないですね。

岡　みんな、それほどほめませんでしょ。

井上　ええ、ほめません。（笑い）

岡　わからんだろうと思う。魔物といったら、つまり資本主義だとかなんとか、もうおかしなことばかりいっている。そんなことだから、いなかの人まで好んで景色をこわして、おかしな道をつけたりするんです。あれは、資本主義となんの関係もない。イデオロギーなんかという、そんな小さなものじゃありませんよ。

井上　そうですね。

岡　私なんかも、滅んだ民族のおかげで、日本民族の今日があるんだということを忘れていたくらい、そういう忘恩というか、ひとりよがりというか、それが今日の日本の状態を招いたということです。それが、井上先生の本を読んでだんだんわかってきました。フランスと日本の、母と海の詩、あれ、おもしろいですな。

あれくらいに大きくなければ……実際、古事記を読んでみますと、奔放自在なのに驚きます。今日の人の夢にしても、あの時代に比べたら、なんとも平板的なことに思えますね。

井上　古事記を読みますと、ほんとうにそう思いますですね。そして、今の人の考え方で、あの時代を解釈しますと、ぜんぜん間違ってしまいます。合理的な解釈というやつですね。

岡　それこそ、盲人象をなでるという解釈になるんです。

井上　そうなんですね。半島へ出兵すると書いてあると、出兵する理由がないじゃないか、あれは不思議だというような考え方をしているんです。考え方は、あの時代とそもそも違うんだろうと思いますがね。

岡　ええ、ええ。

井上　それに、人麻呂以前は、先生のおっしゃっているかなしみというようなものも、民族が持っているかなしみと密接にくっついちゃっておりますね。

岡　秋風にもののあわれを感じるという、その悲しみで詩をつくったんですね。かなしいということは、春に死んでも季節が突然秋になったような、そういうかなしみですからね。つまり、西田先生のおことばでいえば、現代はかすばかりたまってしまった。みずみずしさが全部失われた。支那から文化がはいる。文化というのは表面ですから、かすがたまる。インドからもはいる。それから明治、終戦後とたくさんかすがたまったんでしょう。それでみずみずしさがなくなっちまう。応神天皇以前といったら、ともかく非常にいまよりみずみずしかったであろうと思うんです。文化というのは、どうしたって有形の文化で表現がともなう。表現はかすによってでなきゃできませんから。

井上　自分の心で受けとるっていうことは、容易なことでなくて……。

岡　いや、その文字で書かれたものから、もとのものをとらなきゃいけないんですが、それをする人が、きわめて少ないから、結局かすを受けとることに……。

井上　そういうことになりますね。それが、やっぱり外からの文化というものを受け入れる場合のこわいことでございますね。

岡　こわいですね。

井上　外からの文化で大きく変わり成長しますが、そのかわりそれによって血管が詰まってくる。むずかしいものですね。

礼楽の政治

岡　支那から文化を受け入れて、支那は政治の国だから、政治をちゃんとやりそうなものだけども、非常にうまくやろうとしてたのは応神天皇のころだけです。応神天皇のころは、末の皇子を皇太子になすった。あの菟道稚郎子《うじのわきいらつこ》、自分が生きていると、天皇にならなきゃならんというので自殺なすっているでしょう。あのころは、非常によく受け入れようとしたらしい。にもかかわらず、結局、うまくいかなかったのは、支那の当時の政治といったら、ひとくちにいえば礼楽《れいがく》の政治だった。礼楽の政治をひとくちにいえば、為政者は礼、国民には楽を与えよという政治です。それを藤原氏は、自分が楽で、たのしんでいるでしょ。こんなふうにさかさまです。今日はどうかといったら、議会は礼をぜんぜん守らない。国民はむしろ礼を強いられながら、楽はまったく与えてもらっていない。初めはあんなにうまく取り入れようとしたのに、なんであんなことになったんだろうと思っていたんですが、結局、あのかすがいけないんですね。

井上　そういうことでしょうね。

岡　そう思います。ここの頭頂葉から、少なくとも前頭葉までさがりますからね。ずいぶんさがる……。

井上　欧米文化を受け入れていって、日本はどうなったと、いろいろと現代史や近代史が書かれていますけれど、確かに欧米文化を受け入れて日本はそれで大きいプラスになった面もありますけど、とんでもないマイナスになっている面もいっぱいございますね。

岡　そのほうが、むしろ多いんじゃないか。

井上　中国文化も、インドの文化も、同じようにいえると思いますね。

岡　明治以後の日本といったら、なんていうか、学問のために魂を売ったっていうような感じですね。

井上　明治の人たちで、いま考えると、なかなかいい仕事をしている人もおります。たとえば、明治の洋画家が描きました洋画というもの、あれはなかなかいいと思うんです。

岡　ごくはじまりのころは、よく描いていますね。はじまりがよくって、いつもだんだん悪くなるのは、不思議だなあと思う。

井上　そうなんですね。いまでも、日本の美術史の上でも、明治の洋画家というのは、いやおうなしに高く買わざるを得ないんです。あれは、やはり日本人の心というものを失わないで、その上でヨーロッパ風のリアリズムというものを自然に受けとったたと思います。それですから、ああいう洋画が描けた。

岡　リアリズムというのは、なんというか、習作なんです。ほんとうは、それから上へ出るためのものであることを忘れているんですね。欧米人は、実在性はけっして抜けないんですよ。実在を確かめてからでなければ、人は思想し、行為はできないと思っている。ところが、日本民族や漢民族の住んでいるところは、実在性を抜いたエキスだけの世界、それが泥洹宮でしょ。それが、初めのうちはあるが、いつのまにか天上から地上へおりてしまう。

井上　はあ。

岡　地上に住むのは、日本人はへたで適していません。いつもそうだと思う。あの、明治維新以後悪くなったと思っているんですよ。日本歴史を少し調べてみますと、応神天皇以前と以後と違うらしい。応神天皇以前の日本人って、だいたいこんなものだろうとは想像するけど、とてももう見られないと思っていた。ところが近ごろ、私のところへ一人の人が訪ねてきた。六十ぐらいかな。その人は学校はまるでできなかった。よく卒業させたと思うくらいだが、いろいろ学校へは行ったらしい。明治の文科へ行って、仏教を習うつもりだったが、ちっとも教えてくれん。そしたら、家からもやめろというし、やめた。世間へ出たことは一度もない。小学校の先生から影響を受けたらしいのだが、その先生はどんなことを教えたんだと聞くと、「親はたいせつにするものだよ」と繰り返し、繰り返し教えたという。あとは、なにも教えなかった。父親とは早く別れて、ずっと母親とおったんだけど、十三回忌だっていうのだから、十数年前に死んでいる。それが悲しゅうて、悲しゅうて……、それで、ある坊さんに会ったら、「南無阿弥陀仏」といえと教えてくれた。そんなむずかしいこと、とてもいえないといったら、それじゃあ書けといわれた。書いているうちにいえるようになった。それで、いまでも朝四時半から七時までお念仏するんだそうです。お念仏していると、母親といっしょにいるような気がするんですって。それがうれしゅうて、うれしゅうて……。ほかのことはなにも望まん。念仏だけをずっと続けているんです。息子さんというのが、建築の仕事をしているとかで、富士山のそばへ家を建ててくれた。そこへ一人住んで、富士を見ながらお念仏してるんですって。なんか、まるで神がそういう模型を一つ作るために、その人に、そういう生活をさせているんじゃないかと思うくらい。訪ねてきたので会ってみたんですが、なんていうか、清らかで、ふかふかしている。おそろしく単純でいて、シャボン玉の虹の七色のようなものもみなそなわっている。ああ、このような人が応神以前の日本人じゃあるまいかと、私は思っているんです。

井上　なるほど。

岡　つまり、かすがちっともない。普通なら、卒業させてもらえんでしょうけど、そんなおかしな先生がいるくらいのところだから、卒業させてもらった。

井上　それは、親子の関係にしろ、師弟の関係にしろ、こうでなきゃならないといって、教えて与えるようなものじゃないんですね。

岡　一つさえ、ほんとうにわかりゃ、そこには森羅万象があるんです。

井上　そうなんでしょうね。

岡　泥洹宮というところは、有無を離れるというのは、つまりこういう場合なら、母親が前にいようがいまいが、同じ心のメロディーが起こるということです。お念仏するだけで、そこへ行けるんでしょう。これは仏教じゃない。かすがみなとれて、それで十分うれしゅうて、うれしゅうて、それ以上なにも望まん。

井上　さっき、自動車のなかで、子供のしつけが話題になったんですが――ふつう、しつけとして考えていることなんかは、しつけでもなんでもなくて、そんなことをしつけなくとも、日本人ならわからなきゃならないものがある。それが、どういうかげんかなくなってしまったわけでございますね。師弟の関係にしろ、そうです。それは、やっぱり先生のおっしゃるいろいろなかすがたまっちゃって、通じなくなっちゃったんですね。

岡　そうなんですよ。まるで、かすの壁に塗りこめられて住んでるような……。人はもともとすき間に住むはずなのに、壁に塗りこめて住むものだと、このごろの教育なんか思っているのじゃないか。かすで塗りこめようとしているという感じです。

井上　りっぱな仕事をした先生に対して、尊敬することは自然の気持ですから、別に師弟の関係じゃなくても尊敬する。親でもそうですね。そういうことを自然に、確かに感じていた時代が日本にあったんです。それを、親子関係とか、師弟関係だとか、ことさらそういうことばでいわなきゃならない不思議な世の中になったわけでございますね。

岡　ええ、ええ。応神以前の日本人と以後の日本人というのはまるきり違う。そりゃ、単純でふかふかしているだけでは、なんかしようと思ってもできないから、いろいろと学ぶのはよろしい。しかし、もとを忘れちゃ困る。つまり、水道の管ばかりはついたが、水が出ない。そんな感じですね。水道には管は必要ですよ。だけど、それだけじゃしようがない。

井上　万葉の初めのほうに出てくる、たとえば額田女王《ぬかたのおおきみ》の歌などは……。

岡　あの人、歌が上手ですな。

井上　上手でございますね。いまでいえば、不貞な関係といえるような恋歌をうたっておりますね。

岡　そうですか。

井上　だけど、そんな不貞な関係の事実は、すっかり浄化されて、非常に美しい大らかなものでございますね。ああなれば、人間のよごれというものは消えるのだと思います。

岡　うちに満ちて、外にあらわれるのならいいんだけど、ないのにやるのが悪いんでしょ。

井上　そうなんですね。

岡　しかし、井上先生が、万葉とか、ああいうものをお調べになったのは近ごろでしょう。

井上　最近でございます。

岡　そうだろうと思った。日本語をお調べになりますとね、世界がわかると思います。胡蘭成という中国人がいるんです。もう二十年以上も日本にいて日本語をよく話すんですが、彼に中国の伝説を聞くと、どういう時代が何年続いたと、ちゃんと書いてあるそうです。そこで、足し算してもらった。そうすると、三十万年になった。（笑い）ずいぶん古いんですよ。

井上　それは古いですね。

岡　その三十万年の間に、地球じゅうをぐるぐる回っているんですよ。西域で、いろいろな民族が滅んだことも、みな取り入れてある。滅んだ民族がのこした心の色どりを、みな取り入れて集大成してある。

井上　経になっておりますね。

岡　それを狭く考えるものだから、偏狭な右翼になっちまうと思うんです。母と海のあの詩、いよいよいい詩ですな。

井上　先生にそうおっしゃっていただいたら、三好さんもよろこぶでしょうね。三好達治って、亡くなった詩人ですが。

岡　なんか、そんな感じがしますよ。

井上　私は、この詩からなにかを感じとるなら、まだいいと思います。ただ、なにをいっているかわからないというのでは、これはもう仕方ないですがね。

岡　おかしな平和とかなんとか、そんなことというから、いかん。

井上　すぐ、そういうことに考えをとっていきますから、貧しくなっていくんですね。ほんとうの意味で、人間が回復できない。

岡　右翼なんていうのは、せせこましい心で日本を見たんですね。もっと、悠々とした心でないといけません。悠々とした心でないと、詩はないでしょう。

井上　そうですね。歴史家にしても、歴史をみる見方というのは、やはり、そういう気持でないといけないでしょうね。

岡　三十万年もかかって、造化が美しく染めあげた心が、今日の日本民族だと思う。それに、この日本列島にいる人たちだけの骨折りで染められたんじゃないんだから。井上先生は、文学はやはり真善美と分けたら、美だと思って書いていられるのでしょうね。

井上　真善美と分けたら、そうですね。

岡　そう思っている人、数えるほどしかないいんじゃないかと思っているんです。まあ、芥川（龍之介）がそうです。それから、井上先生がそう、それから川端康成です。そして、三人の美のあり方をいうと、芥川も井上先生も詩ですが、その内容は違う。川端さんのは、あれは詩とは思っていません。もっと色彩の強いものですね。だけど、美だと思っている。この、人の心を美しく染めるためには、美がいりますよね。

井上　そういうことになりますね。ただ、私の場合、真善も美と切り離せない形で……。

岡　井上先生の『夜の声』だと、真善美がみなはいっていますね。欧米人は、狩猟民族であって、それをやめてから、まだ日が浅い。だから、ほんとうの頭頂葉、これはメロディーの世界ですが、そのメロディーがわからなきゃしようがないでしょう。それがまだ稚《いとけな》い。だから、教えてもわかるかどうかわかりませんけどね。ともかく、人類にとって、いま一番危険なのは、文明というイズムであると教えてやることです。これが『夜の声』に非常にはっきり出ている。欧米人にはわからんにしても、あそこまで教えないとだめでしょう。まるで少量ずつ砒《ひ》素を飲んでるみたいで、こわいですよ。

井上　これは、ちょっと変ないい方ですけど、いまの時代の大きい変わり方というのは、戦争とかなんとか、そうじゃなくて、普通の日常生活において、自分のいのちを管理できない時代がきたことだと思うんです。

岡　そうなんです。いつ砒素飲まされるかわからん。絶えずスパイの目が光ってると思うのは、もう狂人ですが、そういうことばでいいあらわしてもよいくらいだ。実際、いつ飲まされるかわからん。

井上　たとえば、ここまでくるのに自動車にいのちを託して、その間、自分で管理できませんしね。また、食生活にしても……。

岡　おかしなものばかり食べさすでしょう。缶づめみたいな季節感ぬきの食べ物は、あれもやはり精神的生命にとって危険ですよ。あんなものばかり食べさせられると、だんだん精神的生命が稀薄になっていくかもしれない。いつ、どんなもの食べさせられるか、わかりゃしません。

井上　季節はいま失われつつありますね。

岡　季節感がないということは、真の生命にとって、ひどく危険だ。ぴちぴち生きるなどということ、できなくなるでしょう。

井上　できなくなりますね。たいへん貴重なものを、いまどんどん失っているわけですね。

岡　季節感がなくなっていくものは、とくに食べ物ですが、食べ物だけじゃありませんね。花なんかにしてもそうですね。あれは罰しなきゃいけません。季節感保護法というのを一つつくらんと……。（笑）冗談ではありませんよ。缶づめなんか、一年じゅうのべつまくなしに食べさせられたんでは、だあっとなってしまいますよ。肉体の生命の前に、精神的生命が涸渇すれば人は死ぬものだ。アメリカが一時驚いたでしょう。よくキーパンチャーが自殺する。理由は解明できなかったけれど、応急処置として、三時間以上働かせてはいけないことにしました。人道的な処置でしたね。ともかく、キーパンチャーのようなことをしていれば、人は死ぬものなんだ。

井上　ほんとうですね。

岡　味はやはり甘いのと、辛いのと、酸っぱいのとがあって、初めて人はぴちぴち生きるんです。いまは漬けものまで甘い。酒も甘いときている。酒が甘くて困るから、ビール飲むんです。

井上　人間生活をこしらえていた、非常に素朴な、根本的なものが、いまものすごい勢いで崩壊しておりますね。日本ばかりでなく世界中がそうです。季節感も、もの本来の味も、旅情も。

岡　精神的生命力といったら頭頂葉だと思う。ところがキーパンチャーというのは、側頭葉しか使わない。機械が人を使ったり、組織が人を押しつぶしたりしたら、人の生活はすっかり側頭葉的生活になるから、生命力がたいへん稀薄になってしまう。そういうことをよく教えてやらないと、これは水素爆弾よりよっぽど危険です。

井上　いま、私たちの毎日生きている生活は、ほんとうにこわいという感じになってまいりました。ものを考えながら歩ける町、これが人間が住む都市の条件だと思うんですが……。

岡　文明とは、植物にとっては緑がいきいきとすること。人なら、やはり、植物がいきいきしていくのと同じような環境をつくっていくこと、それが真の文明です。

井上　そうですね。

岡　時がたてば、文明が進むときめてかかっているあたりからして、イズムですね。

失われる旅情

井上　ついこの間まで、日本のどこへいっても、旅情というものがありましたね。その旅情というものが、いまはすっかり失われました。飛行機なら一時間で北海道に飛べますからね。

岡　旅情をもっている日本人、少ないでしょう。

井上　これは外国へ飛びましても同じようなもので、十時間でモスクワへ行ってしまいます。

岡　私がフランスへ行ったころは、インド洋を渡って行って四十日もかかった。あのときは旅情がありました。

井上　よかったでしょうね。距離感がなくなり、旅情がなくなり、異国がなくなり……。

岡　異国の海の秋の風というんですから、旅情があったんですね。いまは異国という気がしませんね。

井上　しませんね。ともかく人類が旅情を失いつつあるということは、たいへんなことでございますね。
岡　旅情を失ってはだめで、井上先生が好んで中世の西域をお書きになるのも旅情だといっていいかもしれない。
井上　ええ、やはりそういうもので人間はいきいきしたんですね。
岡　昔の日本民族が地球上をぐるぐる回ったというのも、やはり一種の旅情といえばいえる。この島にじっとくっついて離れなかったという思想はよくないんです。旅情というのは、芭蕉の根本にあるあれ、つまり詩ですよ。
井上　そうですね。
岡　芭蕉は、旅情というものが大事だということをよく知っているし、よく指摘していますね。このことをいまの人は知りませんね。あれは、実に本質的に大事なものでしょう。旅情がわからなきゃ、人の一生をいきいきと生きることができんでしょうが。
井上　人間というものは、与えられた一生をどうにでも過ごせるが、やはりものを見るように見、ものを感じるように感じ、そして生涯をいきいきとしたもので充実させないといけませんね。

岡　そうです、そうです。いきいきするというのは、肉体の生命じゃなくて、植物の緑にならなきゃ。

井上　ええ、緑にならないと……。

岡　それがわからなくなっている。人という植物が、緑をいきいきとさせて生きるのが文明だとわかってもらわなければならんですね。

井上　まったく同感ですね。

岡　詩という水をもっとやらなきゃいけませんよ、確かに。それにしても、三好さんのあれ、あそこに詩を感じるというのは不思議だな。詩というものの本質をなんか暗示しているようですね。

井上　そうです。私も先生のおっしゃったとおりのことを感じたんですよ。詩というものは、あるものとあるものとの関係の、一番本質的な骨組だと思うんです。詩人の仕事はそれの指摘ですね。

岡　なるほどね。詩は真だともいえますね。動かせない、不可抗力という意味で真だといえますね。西田先生は、じかに詩を読まれるべきだった。詩を西洋哲学のことばで表現されたから、かすんだとお思いになったんでしょうな。西田先生の哲学は、ほんとうは詩なんでしょうな。西洋哲学というふうなのは、あまりいい表現法じゃないということを、西田先生お感じになっていたんだけど、やはりそうするよりなかったんでしょうな。もっとも、詩というのは内容的詩で、表現法じゃありませんけど、西田先生はこの詩が霞になっていくとお感じになったんでしょう。詩くらい不可抗力なものはありません。だから、あれは真ですよ。ほんとうにそうなんだから仕方ない。すみれをゆかしいと見るのも、秋風をものがなしいと聞くのも、不可抗力ですね。

井上　西洋哲学から勉強したことを一つあげろといわれますと、私は絶対ということばでなにかを教えられたということです。絶対ということばがいいか悪いかわかりませんけれども。

岡　いや、いいですよ。西洋の哲学者は、その絶対を求めていたんでしょうな。成功してはいないが。しかし、カントなんか時間空間だけが先験観念だといったと聞きましたが、すみれがゆかしいのも、秋風がものがなしいのも、みな絶対観念ですよ。胡蘭成さんに孔子が作曲したと伝えられる五弦琴の「幽蘭の曲」というレコードをもらいました。かけてみたんですけど、それ聞いたあと、西洋音楽はあれは阿鼻叫喚《あびきょうかん》だなっていう気がしました。孔子は泥洹宮という世界をよく知っていたから、ああいう曲を作曲できたんですよ。そういう見方で、もういっぺん支那のこれといったすぐれたものを、見直さなけりゃいけない。ところが、これというところはちっとも輸入してない。孔子のいう楽とは、たとえば「幽蘭の曲」のようなものかというところを輸入してない。それどころか、五弦琴すら輸入してないんですよ。十三弦を箏《そう》といい、五弦を琴という、その箏だけ輸入したんですね。これじゃ、孔子の曲を聞けるわけがない。すると、礼楽の楽がわかるわけがない。勉強の仕方がずさんだったんですね。

井上　そうなんでしょうね。

岡　理屈をいわずに、「幽蘭の曲」を聞きゃあいいんですよ。あのころはレコードがないでしょうから、五弦琴を輸入していくべきです。私はそれを聞いて、西洋音楽のひとつ上の世界の音楽というものがあり得るんだなあと思いました。

井上　先生こそ詩人ですね。阿鼻叫喚で西洋音楽を衝《つ》かれたのはすごい指摘ですね。

岡　日本民族は、結局、詩がわかるんでしょ。それ以外になんにもわからんのじゃないですか。

井上　詩を失ったら、日本民族を日本民族たらしめている最もたいせつなものがなくなるということになりますね。

岡　ええ、いろいろなものがある、その一番上に位置するものが詩であって、この一番大事なものを日本民族が持っているんだってことを忘れたらだめだ。あとはなにも持ってないんですよ。持ってないからまねようとするが、うまくいかんのです。それで劣等民族だと思うらしい。日本民族くらい、ほんとうに詩のわかる民族ってないだろうと思います。

井上　その一番たいせつなものを失ったら困るし……。それから、全世界はみんなそれぞれ民族特有なものがあるんでしょう。ものの考え方、ものの感じ方、それぞれ違う。全部を一本にできるという信仰が困るんです。

岡　詩を知らなかったら、水道はあっても水源地がないようなものだという自覚と矜持とを持つべきです。日本人、水道管を作らしたらへたですよ。詩というものの本質は、つまり昼と夜にたとえていえば、夜がまさに明けかけていて、まだ十分白昼になってないというところなんじゃないか。日本民族の心を詠むとき、人麻呂は、「ほのぼのと明石の浦の朝明けに島隠れ行く船をしぞ思ふ」と詠んでいます。これが日本民族の心だといってるんじゃないか。あれは夏の朝明けだろうかなあと思うんです。こういうことをいった人がありますね。「花に明け行くみ吉野の春のあけぼの見渡せば、唐土人《もろこしびと》も高麗人《こまびと》も大和心になりぬべし」これは春のあけぼのです。ともかく詩というものの本質は、白昼ではあり得ないのだ、ほのぼのと見えはじめたころが詩なんだ、それが大事なんだということを、井上先生はよく知っておられますよ。白昼になったら詩じゃなくてほかのものになるんじゃないか。

美しきもの

井上　唐招提寺《とうしょうだいじ》に行きますと、破損仏といって、こわれた仏様が並んでおります。そのなかに如来形立像という仏像がある。それは首がありませんで、手首が欠けております。脚も一部破損しているんです。しかし、胸から衣を着ております。そのひだにあかい朱がちょっと残っていまして、もとはまっ赤だったのでしょうけど、すそのほうには黒が少し残っているんです。確かに破損仏ですけれども、それが実に自由で、豊かで、大らかでございます。首がないということでいっそうそう感じられてくるのです。それを地蔵菩薩だというような見方をしている人もいますが、地蔵菩薩だろうと観音様だろうと、なんでもかまわないのです。実にそれはきれいでございます。それは頭と手を欠いたことで、ほんとうは完全になっているのだと私は思います。

岡　ええ、そうでしょうね。そこがおもしろいんですね。詩ですね。

井上　美術品を見る場合ですが、これはりっぱだと教えこむことに問題があるので、それは各自が発見したらいいと思うんです。いまでは美術史関係の本がいっぱいあって、法隆寺のどれはりっぱな仏様、どれは……、とそういう教育の仕方をしますから、自分で仏のいのちとの触れあいをしていないわけです。たとえばルーブル美術館へ行きましても、国立博物館へ行きましても、いわゆる傑作といわれる世界の名品というものがいっぱい陳列されているわけです。しかし、それを見たためにこちらのたいせつなものが変わらせられてしまうような出会いというのは、必ずしも期待できるかどうかわかりませんね。ところが唐招提寺の破損仏の場合、私は確かに出会ったんです。

岡　初めてそのお話うけたまわりましたが、井上先生を象徴するに足ります。

井上　美術品がいい悪いというのは、確かに不思議な出会いでございますね。人間の出会いと同じです。

岡　そうなんです。つまり、詩というのは余韻であって、だからそんなふうになるんですね。そうですか、唐招提寺にそんなのがありますか。それはいいお話です。

井上　いま、私の子供の周囲の同年輩の学生などを見ていると、まず解説書で、たとえば戒壇院の四天王がいいということを読んで、その知識を持って見に行きます。それも必要ではありますが、どうも出会いという点では……。

岡　準備としてはいいでしょうけど、本物はわからないわけで……。

井上　ええ、ある特殊なものとの出会いということは成立しにくくなる。

岡　本物は余韻のほうであるということを知らないんです。まだ明けきらぬ朝のよさにあることを知らない。それを自覚したら、やらなければならんことはいくらでもある。人まねしてたんじゃ、いつまでたってもなにもやれんということを知るべきですね。

井上　いまは、しかし全部がそうですね。日本の文化というのは。世界じゅうの音楽家、有名な絵画、彫刻というものが全部東京へ集まります。あれを、みんな見なければならないものとして見に行く。まあ見に行くことは結構なんですけれども、ただ見てくるだけでございますね。ほんとうの人間と人間の出会いのように、芸術作品との出会いということは、ああいう会わせられ方では生まれないと思いますね。

岡　あんなもの、まるでなんというか、一度人の食べたものを食べるようなものだ。食べられますかね。まあ、これまで世界のものを取り入れるのに忙しかったんでしょうな。だいたいわかったから、これからは自分のものをやるべきです。なにしろやってないことがうんとあるんだから。なにせ、初めがいいというのが日本民族で、そこにしか詩はありません。

井上　そんなにたくさん、なんでもかんでも持ってくるなっていう気がするんですがね。世界の名品だからといって、なんで大騒ぎして、いちいち持ってこなきゃいけないんだろうと思います。

岡　ひとつだけわかりゃ、それでいい。ひとつわかれば、みなわかる。もし、それでわからなかったら、そいつは低いものだから、そんなものとるに足らない。

井上　そんなものより、日本にあるものをもっと見たほうがいいと思うんです。ロートレックを見るのもいいが、法隆寺については何も知らないでは困りますね。

岡　西洋の作品を勉強して、準備して、それから日本を見るのだってかまいませんが、最後は日本を見なきゃわからんのだということを知らない。

井上　そういうことですね。

岡　井上先生だって、万葉を調べて腰をすえて日本を調べようとなすったのは、初めからそうだったわけではないでしょう。

井上　そうです。

岡　最後はそこへ行って、そこへ行かなきゃできあがったとはいえんというふうに……。

井上　確かに先生がおっしゃったように、いろいろなかすがたまってきておりますからね。

岡　いちめんにかすが詰まっているんです。ぎっしり詰まっているのが、いまでしょう。このかすをとりのぞくのが真の文化なんです。そして、植物なら水をやらなきゃいかん。詩の水をやらなきゃいかんのだと思います。

井上　先生は柳田國男先生をどうお考えになっていらっしゃるか……。

岡　いや、あの人はえらいですね。

井上　それはうれしいですね。

岡　あの人、えらいですよ。

井上　この間、柳田さんの神隠しの随筆を読んでおもしろうございました。明治時代まで、私たちの村にもやっぱり神隠しというのがありました。その解釈を柳田さんは、何県の何郡の何村にいつ神隠しがあった、それはどこの太郎兵衛だというのを、たくさん集めてまいりまして……。

岡　それは実際、腰をすえて調べる価値がありますね。

井上　そして、その村の人がどういう反響を示したかという例もとってあります。「あそこのお嫁さんは夕方田んぼへ出ていった。わたしは悪いときに出ていくなあ、と思った。そうしたら、果たしていなくなった」というようなことも出ています。この悪いときということばを使った例が三つくらいあるんです。悪いときという、ある空間的、時間的条件を持った悪いときというものが、そのころの神隠しがあると信じられた時代には確かにあったということなんですね。柳田さんは、神隠しを寂寞の畏怖に触れるということばで説明しています。非常に大きい、深いさびしさというようなものに触れると、人間がその瞬間に、これは私流のことばでいうと、どうも原始帰りするということらしいんですが、原始というものにさわられるとか、つかまれるとか、そういうように柳田先生は説明しておられる。要するに原始帰りして、原始の心に立ち返って山へ向かって歩いて行く。そうして発見されて村へ連れ帰ってもらうものもいるが、発見されないと、三年でも四年でも原始時代の生活をしたんだろうと……。

岡　それはおもしろいですなあ。原始帰りということばもおもしろい。

井上　それで私は、月のまわりをぐるぐる飛行機で回るような時代になっても、原始からは自由にはなっていないと考えるのですがね。いま、蒸発とかなんとかいわれていますけど、悪いときはこれから多くなると思います。この時代に、とくに。

岡　柳田先生がえらいのはわかってましたが、そんないい論文あるとは知らなかった。

井上　たいへんおもしろうございました。柳田先生のお書きになったもののなかでも。

岡　造化の秘密がわかっていくかもしれません、そこから。

井上　そういうものでしょうか。

岡　三好さんの詩といい、実に要点ですよ。原始帰りというのはおもしろい。ぴょっと戻っちゃうんだな。百日の説法屁一つっていうやつですな。（笑い）長くかかって、せっかく染めてきたのが、ぴょっとはげっちまうんだね。

井上　そういうことなんですね。

岡　人というのはそんなもんだ、生命の境というのはそんなもんだと知るべきですな。金星へロケットぶちこむなんてことは関係ない。ロケットぶちこんで、それによって人がよろこべば初めて意味があるが、だれもなんとも思わなきゃそれまでです。

井上　いや、もう先生のおっしゃるとおり、ああいう宇宙開発のことについては、確かに人がそれでよろこべば意味がある。よろこばなかったら、なんでもないいんです。

岡　というのは、先生の指摘された文明のイズムという魔力なんです。その魔力を取り去ったら、金星へロケット打ちこんだって、だれもなんとも思わんだろう。まったく、なにをしているかわからない。あんなもの関係ないですよ。関係ないっていうのは、まさにこのこった。金星へロケットぶちこんでも、地球人の生活になんの関係もない。

井上　それを早く打ちこむとか、負けまいとかいきり立つのは、もっと意味がないことですね。

岡　もう、そうなったら六道輪廻があるんです。他愛もないことをしている。ことに欧米人というのはまだ稚《いとけな》い。日本はマンガが好きな時期なんでしょ。（笑い）

心なき人

井上　私は、先生にお目にかかってお話をうかがうということが、もうだいぶ前からなんとなくたいへんでした。それで、きょうはひとつも準備しないで、先生がおっしゃったことでわからなかったら、返事しない。感じたことは、まちがっていても申し上げよう。ただそれだけの気持でまいりました。そうしたら、たいへん楽しくお話ができまして……。

岡　きょうおっしゃった井上先生の一言、一言、すばらしいですよ。

井上　先生には心にもないことを申し上げても、背伸びしたことを申し上げても、これは通用しないんですよ。それで、思ったことしか申し上げまいと、そういう気持でうかがったんです。

岡　井上先生は十分思うことをやっておられます。創作という、表現するという、たいへんな仕事をしておられるでしょう。私はなにもしていない。ありゃあくたびれるでしょうなあ。非常に正確に、そして省かずに、みな叙述するという書き方で、それでいて縹渺《ひょうびょう》とした色どりをちゃんと出しておられる。

井上　ありがとうございます。

岡　あれが詩というものでしょう。

井上　ものを表現するとか、感じたことを書くということは、これは自分との勝負でして、手を抜こうと思ったら抜いて書けますが、そうすると絶対に自分とのたたかいで負けたことになる。

岡　くたびれるだろうと思います。ちっとも手をお抜きにならない。きちっとお書きになる。おのずからかすかに色がつくんです。あれ、つけすぎたら詩にならない。色をつけると歌になっちまう。詩にならんのです。

井上　先生がいろいろなかたとお会いなさるときは、先生のお仕事についてはだれもお話できないので、先生は全部相手のかたのほうへお下りになってお話になるんですね。

岡　数学は無理ですよ。あれ、準備がかかりすぎるから。人に、あんなものやれって勧められない。欧米人は自分がえらいといわれようと思ってやったから、あんなことになっちまった。そのかわり数学で表現するのは楽です。文学で表現するのは、みんなわかるかわりにかえってむずかしい。ですから、井上先生とのお話くらい期待してたのないんです。それに、人類の非常な危機がえたいの知れない魔物だとご指摘なすっている。まったく、人類は少量ずつ砒素を飲んでいるふうな……。

井上　確かに目に見えないような形で……。

岡　少し隔てて見ると、たいへんな変わりようなんです。昔のことは忘れるんですな。煮豆でも実にいやな色がついている。

井上　そうですね。

岡　いい色だなあというのは、生命が水にうるおっていることなんで、いやな色だなあというのは、ちっとも水をやらんことなんです。いや、もう食べ物だけでも生命の危険がいっぱいだ。できるだけ人工を加えるのが文明だと思っているんだな。そのうち、お百姓さんがくだものなんかに注射しだすよ。

井上　自然への冒瀆《ぼうとく》ですね。自然にできていたものをこわしていく。自然の色を変えて、しかもまたその変えた色を好む人もあるから変えるんでしょうけれど、こわいことですね。

岡　おかしなものを好むということは、盲だということですよ。

井上　そういうことですね。

岡　そうなると、危険な崖っぷちのほうへ歩いていってもわからんということです。なんといってもあぶない。目が見えていりゃあ、やめるでしょうがね、なにしろ目が見えんのだから。時が進めば文明も進むとしか思えんのだから、これは非常にあぶない。

井上　まったく危険です。

岡　なんで、時が進めば文明にしか行かないときめてかかるのだろう。日本人はそんなんじゃなかった。欧米人がそんな考え方をするんです。あれは、やはり初めが自然征服とか、そんな考え方なんでしょう。

井上　そうなんでしょうね。日本では都の形、たとえば奈良の都だとか、飛鳥の都などは中国から輸入して、向こうの都のまねをして作っておりますね。

岡　あれ、支那のまねをしている間は、比較的無難だった。同じやり方で欧州のまねをし、ついでアメリカのまねをしだした。アメリカは機械文明ですから、ひどくあぶない。

井上　外国旅行から帰って東京につきますと、ネオンサインがたくさんあります。あれが問題なのは、夜は休むんだということをネオンサインは認めていないということですね。

岡　ええ、そうですね。

井上　夜と昼を分けないで、ただ一日は二十四時間あるという考え方なんですね。片ほうは暗く、片ほう明るいというだけの割り切り方で……。ネオンサインにあれだけの空間を独占させる権利は、人間には与えられていないと思います。

岡　あれがほんとうの生命を稀薄にしている。あぶなくしているんだということを教えなきゃいかんのですね。肉体の生命しか知らん。あの、さっきの柳田先生の神隠し、昔もっとよい生活をしていたころ、魔の時間というのがあるんだっていうこと、おもしろいですな。いかにもありますね。

井上　きっとあるんでしょう。

岡　子供なんかも、夕方ちょっと前ごろになると泣きますね。

井上　ええ。

岡　いまは、もうべたいちめん魔の時間でしょ。だから魔の時刻に出ていって、原始帰りして山へ行くという、実に明快な……そういうこともなくなった。そうに違いないと思います。それを実証して、はっきりもっと証明して、みんなに教えるほうがいいですね。人間とはこんなもんだ。人の真の生命とはこんなものだと……。

井上　日本の場合でいいますと、一つの問題は国語や国字というものをいじろうとしていること、これが問題だと思いますね。つまり文字をいじって、この時代に合うように簡単にしようという考え方はあっていいかもしれませんが、自然にいろいろな歴史を経てきて、今日まできたことばをここで改良しようという考え方が現われたということ、これがこの時代の特色だと思います。

岡　まったくそうなんですよ。文部省が理想とする人間像というのを発表しているでしょう。ところが、日本人はすみれを見ればゆかしいと思い、秋風を聞けばものがなしいと思う。これは心ある日本人でしょ。そんなことぜんぜん思わないのは、心なき日本人。たとえば、奈良県の知事なんかはあれは心なき日本人です。いくら教えても、古都の美というのがどういう意味か知らん、わからん。三笠温泉ができて、赤い灯、青い灯ができて、奈良はいっそうきれいになったじゃないかといっている。心なき日本人には教えようがないのかと思う。で、理想とする人間像だが、秋風を聞けばうれしい、春風を聞けばかなしいと、そういう理想だってあるんじゃないか。まあ、いっぺんつくってみたらいい。長くかかって、人間の心は染められるものだということを知らせなきゃならん。これがいちばん大事なところだということ……。

ふるさと

井上　私は昨年の暮、飛鳥《あすか》へまいりましたんですが、上代では、何回も何回も飛鳥の都へ戻っております。たとえば難波へ都を移しても、またその次は飛鳥へ帰っている。またその次は近江《おうみ》へ都を移します。するとまたその次には飛鳥へ戻っているのです。

岡　どうしても戻りたいという気持が強かったんでしょうね。

井上　どうしてあんなに飛鳥へ戻るのか、なぜ戻るのか。歴史のなかでなんとなく疑問だったのです。学生時代にももちろん飛鳥へ行っておりますけれど、何回となく……。昨年の暮にまいりましたら、初めてあれは大和朝廷のくにだな、郷里だなと思ったんです。それで疑問がとけたような気がしました。

岡　ああ、なるほど。

井上　私の家の一族は、父も祖父もみんな町へ出て働いていましたが、必ず伊豆の山の中へはいっていくんです。それと同じようなもので、あれは郷里だったなと思いますと、飛鳥へ帰ることは自然なんです。そういう気がいたしましたね。

それでないと、あんなにたびたび……。

岡　はあ、そんなに戻ってきますか。戻るんですなあ。

井上　くにだなあ、という気がいたしました。

岡　いっぺん日本人を応神天皇以前に戻さなきゃいかんと思うのですがね。ご協力くださいませんか。

井上　もう、ほんとうに……。

岡　これはぜひやらなきゃいかん。私近ごろ、あのお念仏の変な人に会って、いよいよ一度このかすをとりのぞかなきゃだめだと思いました。これはちゃんとしたかたにやっていただかなきゃいかん。私なんか、それが大事だと思ってもどうやるかわからない。ほんとうにそれをやらなきゃ、日本はどうなるかわかりゃしませんよ。

人間に還れ

時実利彦
岡　潔

時実利彦（ときざね・としひこ）
一九〇九年、岡山県和気郡備前町（現備前市）生まれ。東京帝国大学医学部卒業。東京帝国大学附属医学専門部教授、東京大学医学部脳研究施設教授を経て、京都大学霊長類研究所教授。七三年逝去。著書に、『脳の話』『脳と人間』『脳を考える』等多数。

喜びとはなにか

岡　最近のレジャー・ブームはおかしいと思う。やはり、人間は働くことを楽しむんでなきゃ……。ただ、レジャーだけを楽しむという行動に出たら、人類は退化の一途をたどるほかない。元来、日本人は働くことを楽しんできた。お百姓などがそうだ。だけど、最近はだんだん工場へいったりしだし、働く楽しみが薄れている。農夫の勤勉だったのをこっちへもってくればいいわけだが、意欲があってやるのと、めんどうくさくてやるのとは、それはたいへん違う。そこを考えると、実業家の呼びかけ方もむずかしくなる。

時実　お百姓はつくるという喜びをもっている。

岡　ところが工場では、きれぎれに作らせる、あれがいけないんです。

時実　人間が前頭葉をもっている以上は、そのような意欲する喜び、創造する喜びがあるのに……。

岡　そうなんです。ところが、それがさまたげられている。

時実　それは、小、中学校の教育に問題があるのじゃありませんか。いまの学校教育では、ほとんど勉強の喜びは感じない。いわゆる教育ママもそれに拍車をかけているようですね。

岡　勉強の喜びなんて感じるもんですか。遊ぶ喜びぐらいだ……（笑）。

時実　遊ぶ喜びも感じないな、近ごろの子どもは。あれじゃもう喜びというのは感じない。と、すると……。

岡　快楽だけですね。

時実　快楽だけ……。

岡　これでは動物と同じ。

時実　喜びと快楽は違う、そこを考えなくちゃならぬ。けっきょく、私たち人間は未来に夢を画き、将来へ希望をもつことができる。そこに喜びを感じることができるのですね。

岡　そうなんです。

男は魚類、女は爬虫類

時実　（料理が運ばれ、それに関連して）よくお母さん方に、頭をよくする食物はないものでしょうか、ときかれるんですが、最近アメリカでは、記憶力をよくする薬があるとかないとか、問題になっています。

岡　頭がよくなるより、道徳的価値判断があがる薬はないものかな。

時実　頭の働きは、薬や食物ではだめで、やはり鍛えるよりほかにありません。道徳的価値判断をする前頭葉は、鍛えたらどんどん発達しますから。

岡　そう、遅くてはだめ、前頭葉が発達しているころから鍛えないと。

時実　ことに、小学校の教育が大切になってきますね。なんとかして勉強に喜びを感じさせ前頭葉を発達させる。そうすれば、道徳的価値判断力がおのずと身についてくるはずです。

岡　なにしろこのごろは、身体の機能を促進させる薬ばかりです。肝臓が悪いのに、肝臓の機能を促進させたら、かえって悪いのとちがいますか。そんなものばかりでは肝臓くたびれるでしょう、処置なしだよ。テレビの広告はそんな薬ばかりです。そのうえほとんどが、古い皮質が支配している内臓や本能の働きを促進させる薬じゃないですか。

時実　そうなんです。新しい皮質の働きを高める薬はない。ヒロポン……これはかえって悪いですね（笑）。

岡　ひどいなあ、なんとかしないとほんとに進化に逆行する。ひどい勢いで進化に逆行してるようです。もう魚類にまで退化するのはすぐです。男は魚類、女は爬虫類だ。もう一息逆行したら、頭がなくなる。

時実　頭、つまり脳がなくなると、昆虫ですね。

岡　どういうことになるかな、脳がなくなると……。

時実　個性のないただの生き物でしょう。喜びもなければ心配もない。

岡　なるほど、未来がないからとりこし苦労は必要ないことになる。

時実　人間の前頭葉をとると、不安がなくなり、精神的その日暮し。昆虫と同じ（笑）。だから前頭葉は非常に大切です。

岡　そうですね。

情操型文化とインスピレーション型文化

時実　心理学で、「おあずけテスト」という面白い実験があるんです。それにより、存在とはいったいどういうことなのかということを調べる。いわば存在の生理学です。実験は、まずサルの前頭葉のさきを切っちゃいます。そうすると、存在するという体験がなくなるんですね。

岡　おもしろいですね。どうしてそれがわかるんですか。

時実　その実験は、二つの同じ色と形をしたコップをふせて、そのどちらかへ、サルの目のまえでエサを入れるんです。それを見させておいて、しばらくおあずけさせておいて、コップをあけてエサをとらすのです。実際に見てれば、間違いなくとります。ところがこんどは、エサを入れてカーテンを目の前におろしてしばらくコップを見えなくします。たとえば一分間カーテンをおろします。しかし、一分くらいまでは、エサがかくされているコップを正しくとるんです。ところが前頭葉のさきを切りますと、五秒もみえなくするとだめ。ですから、見えなくなるとそこにあった物はなくなり、別物なんです。これにより、物が「ある」という存在を体験する働きが前頭葉にあることがわかります。

岡　そのサルは、だから現在見てるときだけ物が「ある」んですね。

時実　見てるときだけ「ある」。だからある人がアウト・オブ・サイト、アウト・オブ・マインド、（見えなくなると心になくなる）と言った。

ところで赤ん坊は、前頭葉が十分発達していないから存在という体験はないと思うんですがね、どうですか。

岡　存在ですか。
時実　生まれて二歳の赤ん坊に、存在という体験があるかないか。
岡　二歳では意識にはのらないでしょう。
時実　存在の体験がでるのは、五歳ごろのようですね。
岡　自分の身体とわかるのは？
時実　それはずっと早いと思います。しかし、自分が生きつづけているという「生の存在」、つまり生存が体得できるのは五歳じゃないかな。
岡　私の記憶を逆にたどったのと、いまあなたがいわれたことは合ってますな。
時実　存在というのは、在りつづけるということです。未来を体得する精神がないと存在はないですね。
岡　もちつづける……。それがほんとうの存在です。
時実　そう、知識としての存在じゃなくて。
岡　意識の連続ということですね。意識の持続なしに、ポアンカレーがいったような、「アッ」というインスピレーションの働きは出ません。だいたい西洋の文化というものはインスピレーション文化ですが、東洋のは情操型文化、それを日本じゃ両方やっております。中央アジアで生まれたものが、下へ下がって東西に流れ分かれて、西へ流れたのがインスピレーション文化、東洋へ流れたのが情操文化になった。仏教は情操文化。キリスト教はインスピレーション文化です。

時実　先生のおっしゃる情操型というのは、「アッ」という直観ではなく、情緒、のどかな春のような喜びを体得しながら組立ててゆくというように考えてよいでしょうね。

岡　そう。漱石が次々に書いていったのは、実に情操によるものです。自分があり、情緒があり、そして表現する。漱石は情操型です。孔子の教えもそうです。仏教もどっちかというと情操型です。日本人は両方から出て両方やるのです。

時実　日本人は両方をやるという能力があることは、たのもしいことですね。

岡　いやどうかな。日本はすぐ外国を偉いと思ったりするが、それは、日本人であるという自覚が出るまでそう思うらしいですよ。自覚していないあいだは、外国の知識を取り入れると、よろめくんです。だから日本人が自覚をもつにはだいぶかかりますよ。日本人はたとえばフランスへいって、フランス人がフランス語を非常にたいせつにするのをみて、日本へ帰ったらフランス語はたいせつにしなければいかん、とそういう気になるんですよ（笑）。日本語をたいせつにしなければならんというのはききませんね。自国語を粗末にするのは日本だけです。

東大に教養学部というのがあるでしょう。そこには英国風のもの売っている店、フランス風のもの売っている店、ドイツ風のもの売っている店、アメリカ風のものの売っている店がありますが、日本風のもの売っている店ありませんね（笑）。

時実　人間の脳で、自覚という働きは伸びようとしているんですが、どっかでそれを弱めさせようとする傾向がある。ほんとうに自分を自覚するということは、自分が存在しているということを体得することですね。

岡　そうでしょうな。

時実　ところが、人の存在を認めたって自分の存在をぜんぜん認めようとしない。その人がまだ人間ならいいんですが、ものの存在ばかりを認めることになっている。人間不在の教育というのがいわれるわけですね。

二晩眠らず考え通す

時実　教育はたいへんむずかしい、ほんとに骨のおれることですね。動物には教育はない、人間だけです。子ザルは、親ザルをまねする、これはまねですね。人間は手をとって教える。それはその人間に与えられた責任であり、義務であると思う。

岡　ところが最近の教育は、側頭葉ばかりをつかわせている。

時実　サル知恵だ。あれだったら、百科事典のようなものができれば、それでいいんです。

岡　そう（笑）。

時実　いまの子どもたちは、百科事典を買ってもらうが、引き方はぜんぜん教えて貰わない。ただパラパラめくるだけ。そのうえ、新しい事典がでると、次から次へと買って貰う。注ぎこみばかりの教育ですね。百科事典ばかり買って貰って、ちょっとも活用しようとしない、いや、活用させる暇を子供はもっていない。

岡　その通りです。わからぬ字があっても、工夫して考えれば、これはだいたいこんな意味だろうと、辞引引かずにいくやり方もあります。

時実　意欲を働かせば辞引なしでできる、それだけの力をもってるんですね。杉田玄白たちがオランダ語の解剖書を手引きに、腑分けをして『解体新書』を訳したことをみてもわかります。あの努力、たいへんな努力、たいへんな創造の働きです。

岡　鼻というのは、顔のまん中にあって、なにか出っ張っているもの……とか。

江戸末期に、あのくらいのことをやってる。

時実　だからといって、あの人達が特別あつらえの脳をもっていたわけではない(笑)。

岡　感情意欲が働くより、前頭葉がグッと働くことが大事です。感情意欲が働いたってなんの役にも立たない。感情というのは、だいたいエモーションだから。

時実　エモーションですと、人間らしいところが、あまり使われてない。

岡　とにかく、問題を解く場合には、わかってないXという答を出そうという、その気持を持ち続けることです。前頭葉を働かせてそこに関心を集めつづけることだな。

時実　ほんとに先生がお考えになる時の前頭葉の働き方は、すばらしいものですね。先生、数学の問題をお解きになる場合に、何時間くらい考えつづけられるのですか、先生のお体で。

岡　三日は考え続けなきゃだめですね。

時実　もっとも夜はお休みになってるでしょうが。

岡　いえ、寝ないですよ、二晩。

時実　やはり先生のそのすばらしい前頭葉があれば……。お疲れになるでしょう。

岡　くたびれやしません。前頭葉のほうがやりたがってる、とめられないように。つまりあるところへいくまでとまらないのです。一晩越しますと、だいぶ変わります。インスピレーションというやつは、平静と違うんです。ともかく難問なら三日持ち続ける。二晩越すことなしに解けるものは、難問のうちに入らん。

時実　岡先生の頭脳は例外じゃなくて、人類はここまでいく能力をもってると思いますね。

岡　ふつうにやればいくんです。

時実　ところがなにかさまたげるものがある。どこかでなにかが、創造の芽ばえをふみつぶしているように思えます。

岡　やらなかったら、できないでとまっている。

時実　それは数学にかぎったことではありませんね。

岡　アルキメデスは王から問題を出されて、ずっと考えつづけていたんです。そして風呂に入っていてわかったんですね。湯がざあっと流れでた瞬間、みんなわかったんです。もっとも、それはたいしたことじゃありませんけどね。だからあのとき湯がざあっと出たとき、それがむすびつくところまできていたんですね。なにかあったら、そこにむすびつくところまで、その手前までできていた、だからそういうのはもう数学じゃない。
時実　できたときの喜びは、さぞたいへんだったでしょうね。
岡　裸で飛んで帰ったという。だからよっぽど純粋だったわけだ。
時実　先生も三日間お考えになって、それで解答が出たときの喜びは、たいへんなものでしょうね。
岡　ええ、それだから、ずっと関心をもちつづけるんです。アルキメデスが裸でとびだすなんて、あの強い喜びは想像できない。もっとも、あのころは裸で飛んで帰っても、街がやかましくいわなかったということもあるでしょう（笑）。
　漱石が創作してるときの喜びもたいしたものだ。「午前中の創作の喜びが午後の肉体の愉悦になる」と書いてありますよ。喜びの心が肉体をめぐるわけだが、芸術はここまでいかなければうそだと、そんなことを書いていますね。あんなに継続的に、肉体の愉悦を感じるというのは、どういうことかな。
　巨人軍の藤田投手は、試合で一球一球丹念に投げる。そして投げて勝った晩は、ふとんの中で一球一球思い出して、それを喜ぶ。その喜び方を、〝だから投手は、ふとんの中で喜びをかみしめる〟といわれている。一球一球丹念に投げる喜び、これはした人がうれしいんです。そんなもの読まされたってうれしかありません。

書いてあるからわかるだけ。

情緒、情操教育、遊び

時実　動物には喜びの心を感ずるということはありませんね、人間だけですから。
岡　もう一度思い出してどうこうということができない。
時実　ところで、はたしていまの小学校、中学校の教育で、子どもたちが喜びという感じをもつでしょうか。また遊びのなかにも、ほんとうに喜びがあるでしょうか。むかしから「よく学びよく遊べ」ということわざがあったが……。
岡　このごろは「よく学びよく遊べ」をいわなくなった。あれは両方なきゃだめだ。いまは遊ぶ時間も節約して、つめこみの勉強をやらせる。いったいどんな人間になるのだろう?
　ところで昔は大根足が多かったのが、今はすらっとした足が多くなった。あれはなんでかわったんでしょう? (笑)。遊んでたから大根足になるのかな?
時実　むかしは、着物であまり見えなかったんじゃないですか。
岡　このごろは見えるからいい (笑)。

時実　いまは、体格はよくなっていますね。ところが体力はついてないんです。持久力がない。

岡　それはどういうわけですか。

時実　いろいろ理由がありますが、いちばんの原因は、身体を鍛えようという意欲が足りないのですね。つまり、根気がない、前頭葉の問題でしょう。

学校で体育という、育という字がついているからには、ただ体格を伸ばすだけじゃだめ。せっかく学校で体育として教課に組み込んである以上は、ラジオ体操ではできないものを身につけさすことが大切でしょう。さっき申しました根気ですね。

岡　ところで、話は変りますが、睡眠というのは、どこがどうなるんでしょう。

時実　脳の奥底にある視床下部という場所が、睡眠の中枢です。しかし、この中枢の働きも、意志で抑えることができます。アメリカで、十七歳の高校生が十一日間も眠らないでおきつづけていた……。たいした気力です。

岡　仏教のいろいろの修業、ことに念仏の修業はねるのがじゃまになる。意欲が強くなきゃできませんね。意欲が続くためには情緒の中枢が強くなくてはだめです。ここが強くなると持ちつづけることができる。

時実　先生のおっしゃる情緒というのは、意欲と喜び、悲しみ、物のあわれなどの感情とを一緒にしたものと考えてよいのでしょうね。つまり、前頭葉の働きということにして考えると、先生のおっしゃる情緒という言葉がよくわかります。

時実　ことしの犯罪白書によると、子どもの犯罪がずっと下へ下がり、十四から十五歳がうんとふえてますね。このまえよりも低年齢化してゆき、どんどん下がる。

岡　おそろしいことになってきましたな。道徳的価値判断をする力とか、抑制する意志力とかいうことを両親が少しだいじにしませんと。これをいちばん軽く見てるでしょう。情操教育といったら、音楽聴かせたり、絵見せたり、歌うたわせたりばかり。鳥も歌をうたい、タヌキもダンスしますよ。そんなものが情操なもんですか。情操というのは、つまり、かわいそうにと思うこと。あの年ごろにそれが入るようになるとなあ……。いまのやり方で情操教育できるもんじゃない。促進の教育ばかりやってる。一方で促進の教育やれば、他方では必ず抑止の教育をやらねばならぬ。それを情操面に少し考えてくれなきゃ。

時実　私たちの子どもの頃の遊びというのは、自然のなかにとけこんで、野に山にというようなことだった。

岡　子供たちが運動場へ飛び出して遊んでも、早く出ないと自分が鬼にされると思ったりばかりする。遊びというのは、自分を忘れてるという状態で遊ばねば。

時実　いまは遊ばせてもらってるほうですね、悪くいうと。

岡　なんとなく遊びに没頭してりゃいいんだけど、ナントカダンスやるのを命令する、これがいかんのでしょう。あのときは決してわれを忘れられない。

時実　遊びには、やはり自然の遊びでなければ。いまは人工の遊びになりましたね。

マンガを読む大学生

時実　ところでいまは大学生がマンガを読んでるそうですね。

岡　へえ、そうですか。日本語読めねば、マンガでも見にゃ（笑）。いまの制限漢字ではとても日本の古典は読めない。切れ切れに読んだんじゃおもしろいもんじゃありません。興味の持続が出来ぬ。その点マンガなら早い。しかしマンガはどうしておもしろいのかわからないな。マンガも「ジャングル大帝」なんてよく出来ているが、宇宙時代のマンガが多いし、「ひょっこりひょうたん島」なんてどこが子供おかしいんだろう。

マンガは子供に読まさんといった中谷宇吉郎さんが、とうとう買わされてしまったよといった。いくつぐらいでマンガを見るの、といったら、小学校へ入る一、二年前という。中谷さんも買わされたんですな。マンガは、かぞえ年五つか六つ、自他の別がわかりはじめたらわかる。つまり自分と人がわかり、自分の感情、人の感情がわかりはじめると、もうマンガ見てますな。あのころになるとテレビもわかる。つまり大人の世界がわかる。大人の習慣を覚えるんですな。

ところが、そうなるともうマンガを越えてるんです。道徳的価値判断がちゃんと出来たら、マンガなんか読む気にならない。出来んあいだは、いつまでたってもマンガが読みたいんですね（笑）。マンガには善悪が入りません。だからこれ読ましちゃいかんと、中谷宇吉郎いってる。

時実　いまのマンガは、種類はどうなんですか。

岡　マンガでもね、このごろは「ジャングル大帝」というのがある。そのすじをちょっと話すと、まず偉い獅子王がいる。それが動物を助けるために猟師と戦って殺される。ところが、それの牝ライオンがとらえられて、オリに入れられて、船に乗せられる。そのうちオリの中で子供が生まれる。そしたら船のネズミどもが大喜び。その子はレオと名づけられた。レオはオリから出られる。母親は出られない。それで「お前なら出られる、わたしは出られないから行け、海を泳いでいけ」と母親はいうんです。それで海へ飛び込む。そうすると魚が大さわぎして、泳ぎを教えたりいろいろする。だけどいくらやったってずぶずぶと沈む。こんな泳ぎの下手な魚みたことないと魚たちはいう。それじゃ人の真似したらよかろうというんで、ゴム輪かなんかに乗せて、何か大きな海を横断して、もとのアフリカへつれていくんです。それは、実に可愛らしい、美しい、そしてこれには善悪が入ってます。ところが善悪以前のマンガをいまの大学生は読んでる……。

時実　大きいマンガの雑誌を、電車の中で堂々と大学生が読んでいるという。

岡　あの大脳の新しい皮質の発育が相当出来るまではマンガ読んでいる。いつまでも出来なかったら、これは一生マンガ読む。もうけたかったらマンガ売り出したらいい。ほんとうにそういいたくなる。

時実　いまの大学生は、百六十の単位をとって、成績さえよければ、いい会社に入れる。暗記をして試験にうまく通ればいい。その間はなるべくものを考えないようにする。だからなるべくノンセンスなマンガを見て、頭を休めているらしい。むしろ、できるだけ「考えない」という訓練をしているのですかな。

岡　マンガ見て頭休めてる？　最近は、長い試験問題を出さずに、切れ切れのものばかり出すもんだから、むろん前頭葉要りゃしません。それには○×式が一番簡単。

時実　作文を書かなくなった。

岡　作文でもおかしなことをぽつぽつとあっち向き、こっち向きして書いてしまうでしょう。まとまらん、ちっとも首尾一貫してない。前頭葉使わずに作文書く……。

時実　それは書けないですよ（笑）。

岡　前頭葉使わずに書いた珍らしいもんがあるんです。水道方式という……（笑）。あの水道方式というのは前頭葉を全然使ってない。

それからね、このごろの数学の論文に、意識の統一が見られないのが、だいぶん出てきているんです。意識の統一がみられないというのは、やっぱり前頭葉を使ってない。これはつまり、覚醒時の意識のもとに書かれた論文とは考えられない（笑）。

時実　大学生はいま若返りをやってるわけです。

岡　いくつになってもマンガを見たりして、どないも直しようがない。本当なら頭休めたい時は、マンガみたいなどという意欲は起こりませんよ。目は自然に休ませなきゃ。それとも、全くぶらっと散歩するとか。いまの人に、心を遊ばせるといってわかるかしら。マンガを見て心遊ぶかな。心遊ばせるということがわからなかったら、「壬戌の秋、七月既望、蘇子客と舟を泛べ、赤壁のもとに遊ぶ、清風おもむろにきたって水波興らず……」いいなあって思うもんですか。これがわからなきゃ。吉川英治が三国志に、孔明がサカズキを含んで身をなんとかに遊ばせると書いたのもわからない。「閑雲野鶴空濶く、風に嘯く身はひとり、月を湖上にくだきては、行方波間の舟ひと葉……」ああいいなあと思う。これをわかろうと思うんだったら、あの晩翠でも暗唱させたらすぐわかる。

頭を休めるためには、さっと仕事をやって、それからあと手ぬぐい持ってフロに行くというようなことしませんか。それやると休まるんです。やるときはパッとやっておいて、それからゆっくり手ぬぐいもってフロ行って、帰りには暗唱でもしながら帰ってくる。風吹いているときは涼しかったり……。このごろはあんな情景見ませんな。昔そういえばここへ手ぬぐいぶら下げて、ほお歯の下駄はいて（笑）……。

時実　近ごろはフロ屋でもあわてて入って、人より先きに上がって、さっさと帰ろうという（笑）。フロ屋でのんびりなんかしないでしょう。

岡　フロでも、東京の人は熱いフロに入りたがったんだが、このごろはどうかな。

時実　最近はぬるくなった。それからこの間、小林秀雄さんが酒が甘くなったと、先生との対談でいっておられましたね。

岡　フロはぬるくなった、酒は甘くなった。甘くなった……酒がね。

時実　甘くなりました。

岡　もう江戸っ子気質なんて、宵越しの金なんて、とんでもないことですな。水くみかえて捨てる宵越し、というところがないんです。人間っちゅうのはちっとはああいうのを考えてほしい。

過去を抹殺する国語改革

岡　ところで文部省批判になりますが、文部省は単に字が読めんようにしているだけじゃない。おかしなことといろいろしてますな。指導要領はそのとおりにせんといかんのですか。

時実　強い統制力はもっていないと思います。教師の方が、あれを足場にして、あれをのりこえてゆけばよい。あまり自分であの枠にはまろうとしているのではないですか。

岡　どれくらい無茶してるか。一ぺん指導要領を調べ上げたらいい。国語改革は日本の過去を抹殺しようとしているんだけど、国語だけじゃない。文部省がああせ、こうせっていって、そのとおりになっている。ともかくやってることが結局どんなことを強要していることになるか……。文部省は勝手なことをやっている。過去を抹殺する、国字を読めんようにすることを勝手にやっている。これまでの日本語を読めんように教えるっていうなら、国民投票しなければいかん。このほか国民投票しなければならんことはたくさんある。これで日本が滅びないなら、日本は実に不思議な国だ。

時実　そのことは、先生たびたびおっしゃっておりますね。

岡　一ぺん数え上げてみたら、自民党が驚くでしょう（笑）。ともかくこれは無茶です。だからお前がまいたタネだから、お前たち自民党の行政府で刈れったら一番らちが早い。刈らんといったら、国民投票をしなきゃ。およそこれは各国の憲法のオリジンに反する。こんなことをしていながら民主政治っていったらことばの意味がわからん。政府に、勝手なことを今後はいたしませんと、誓わせるために憲法ははじまるんです。良民の自由に反する逆政は、こんごいたしませんと誓いを立てさせたのは、何もアメリカだけじゃない。ともかく世界中の憲法のはじまりです、この証文を入れさせたのが。日本はそれと全く反対のことをやってる。

時実　そうですね。

岡　自民党はいま天下無敵、だから猪たちの集まりです。だから自分でまいたタネ、自分で刈りさえすればいいっていって、ワァーと刈ってしまう。あれは行政府、立法府、何とかかとかみんな兼ねてるからできる。

胃の腑を紙で作る話

時実　話は変りますが、さきほど先生は道徳的価値判断が低下したとおっしゃいましたが……。

岡　道徳というのは、食物を消化する胃の腑です。だから数学は道徳なんです。そうしたらあと食べものさえあればいいんでしょう。だからして昔の修身のようなものが食べものになる。そしたら胃の腑はすぐ消化をやる。だから食べものさえありゃいい。ところがね、いまの道徳教育っていうのは胃を紙で作ってる（笑）。そしてそこへ何入れようと思ってるのかしら。

時実　水は入らないですね。

岡　紙で作ってよくこれで死なないな。食べものの方は自己を主張する。食べものがどんどん自己を主張して人を認めない。これで死なんのだからびっくりする。内臓は紙で作って、食べものは自己ばかり主張するのを食べさして、そしてこれが死なんというのはどういうんだろう。何かとんちんかんなことばかり非常にしているんです。

時実　要するに、主張ばかりする自己、つまり自我を抑制する意志力が弱められているということですね。教育のねらいの一つは、意志を強めるということにある。そして数学の本質は計算の仕方を習うのではなく、自我をこなす意欲を育てるというように考えてよいですね。

ところで先生のおっしゃる卒業証書のことですが、卒業証書があるから入学試験がある……。

岡　大学が卒業証書を出すが、あんなもの自分が一番よくわかってる。余計なおせっかいだ。子供が男の子だったら、志を立てて、大学の有名校の卒業証書を是非握らせるという志を立てる。しかし少しのお母さんは、それに成功しますが、あとはみなその志が失敗する。そんな馬鹿なことはやめるがいい。ともかくそれ一つのために、中学生はいま同級生をカタキとしか思えない状態だ。それから今度は実業家にお願いして、あなた方は人をとるためにこんなやり方をしているが、有名校の卒業証書によって人をとって、そののちのコースもきめるというような、そんなことはやめてくれ、といいたい。

独創性の教育をやろうと思うには、ともかく立法府が、大学の卒業証書を出すことを厳禁してくれるのでなければ、これはやれん。いまの中学生が友だち同志カタキのようでは、大きくなって夫婦になって、夫婦が相互にカタキになる。もう夫婦が互いに自己主張する。これでは人間は全くの一人ぼっちだ。だからキツネは寝ぐらあり、鳥は巣あり、されど人の子は枕するところなしということになってしまう。いまはもうそこへ行く一歩手前です。夫婦仲が悪く、自己主張をどこまでもやったら、それはもう成り立ちゃしません。そうするとほんとうの一人ぼっちになる。

時実　先生は最近、日本経済新聞で、ビジネス・ガールを大切にしろとおっしゃっていられますが……。

岡　そう、日本はいま女性に頼むよりほかに立直る途はない。よい子を生んで真剣に育ててくれなきゃ次の世はよくならん。楠木正行の母のごとく、フレデリック大王妃のごとく、おのおのの女性が真剣に子供を育ててくれと、国家は一番女性に望まねばならぬ。

時実　情緒をはぐくみ、仕事に喜びを感じさせなきゃ。動物や機械ではなく、お互いに立派な人間ですから。

連句芸術

山本健吉
岡　潔

山本健吉（やまもと・けんきち）
一九〇七年長崎市生まれ。慶應義塾大学国文科卒業。俳誌『俳句研究』に携わり、吉田健一らと文芸誌『批評』を創刊。「島根新聞」「京都日日新聞」などを経て、六七年明治大学教授。八八年逝去。著書に『現代俳句』『純粋俳句』『芭蕉　その鑑賞と批評』など多数。

無私の精神

岡　山本さんの御著『芭蕉』を、楽しく拝見いたしました。あんなにくわしく調べておられるんなら、今度の対談はお断わりしたいと思ったのです（笑）。あんなに調べてあるとは全く知りませんでした。ずいぶんくわしく調べたものですね。

山本　あまり細かいことまでいっているので、先生にトリヴィアルすぎるといって怒られはしないかと思って……。

岡　いや、しかし、山本さんはよくわかっておられますよ。くわしくというのじゃなしに、ほんとうに……。それから、連句なしには芭蕉はなかった、芭蕉の俳句は、連句があってこそ育ったのだ、そういっておられるのはじつに同感です。芭蕉以後、それがないといわれるのも、私は同感です。みなそう思っていないかもしれない。芭蕉は少しくらいはすぐれているくらいに思っているかもしれませんが、そんなもんじゃありませんね。そのあと蕪村以後はずっと落ちますね。

山本　質的にちがいますね。

岡　ちがいますね。――山本さんがあまりご存じないかもしれないと思うこと、

一、二ご注意申し上げたいと思うんですが……。

山本　どうぞ。お聞かせ下さい。

岡　東洋と西洋とは、根本からちがうのです。西洋といいますと、主としてギリシア、ローマ、欧米ですが、西洋は、ちょっと「あかあかと日はつれなくも秋の風」という気がする。つまり、あかあかとつれない真昼の日中の感じがするんです。これに比べて東洋は、〝夢の国〟という気がする。

どうしてこんな大きな違いが出るかということですが、その前に、日本は明治以後西洋の思想をとり入れて、そのなかにずっと住んでいる。終戦後はアメリカ文化です。これは人体にたとえるなら、思い切り輸血して、いっそうそれがひどくなっている。それで、明治以後の人は明治以前を知らないんですね。東洋を忘れて、西洋だけ知っている。山本さんでも、東洋のお話をしますと、珍しい話を聞くものだとお思いになるかもしれないと思いますが、西洋人が心といっているもの、心理学や大脳生理学が対象にしている心、これは理性・感情・意欲の主人公です。これを第一の心といいます。この心は大脳前頭葉にあたって、この心は私というものを入れなければ動かない。またこの心は、必ず意識を通す。日本人もそう思っているでしょう。しかし、西洋かぶれさえしていなかったら、東洋人はだれでも、ほのかにではあるが、第二の心があることがわかる。第二の心は大脳頭頂葉にあるわけです。この心は無私です。私がない。私を入れなくても動くし、私を入れようと思っても入れようがない。この心のわかり方は、けっして意識を通さない。じかに知る。仏教は、この心が真の自分だといっているのです。真我というのです。それから、この心のなかには時間も空間もない。時間、空間を超えていると教えているんですね。

この心ですけれども、道元禅師は、本来の面目と題して、こういう歌をよんでいる。「春は花夏ほととぎす秋は月冬雪さえて冷《すず》しかりけり」。本来の面目といえば、真我という意味だけれど、この歌をていねいに読み直してみても、「春は花夏ほととぎす秋は月冬雪さえて冷しかりけり」、すなわち自分というものはない。この真我は、意識を通して見ると、姿は見えないんですね。だから、この真なる姿を無というのですね。

仏教はどういっているかというと、いちばんはっきりしたことをいっているのは、大正九年になくなった山崎弁栄という上人、この人は、この自然は映像である、テレビのようなものである、その映像は、第二の心の世界から映写されているのである、そういっている。映像というが、自然には堅さもあれば抵抗もある、こういう疎外性がある、映像というのは受け取れぬ、そう人は思うだろうけれども、人に知と意志があるように、第二の心の世界にもそれがある。その知のあらわれが色形となり、意志のあらわれが疎外性になる。疎外性があってもやはり映像である、こういっているんですね。

仏教をそのつもりで見ますと、禅なんかでも、五蘊《ごうん》皆空、唯有色身という。これは、からだも空である、第一の心も空である、第二の心だけがあるんだ、そういっているんですね。『般若心経《はんにゃしんぎょう》』なんかも五蘊皆空ということをいっている。その内容を見ますと、くり返しくり返しいっている。これは、自然は空である、からだも空である、第一の心も空である、とくに第一の心も空であるというところをひじょうにくわしくいっています。空といったら、つまり仮想、仮の姿、映像といっても同じことですね。仏教は昔からそういっているんです。明治以後の日本語というのは、本質的に西洋のことばになっている。明治以前の日本語は東洋のことばだけれども、仏教は東洋のことばでいっている。今日西洋のことばに翻訳していわぬものだから、東洋ではこういっていたということをだれも知らない。

時間と空間

岡　ところで、いろんなことをいうと長くなりすぎますけれども、どうも東洋のいうのがほんとうなんです。西洋のものを調べてみますと、西洋の学問、思想は、すべて時間・空間のわくのなかにある。すべてそうです。これは例外なく時間・空間のわくのなかにある。ところが、時間・空間が存在するということを証明できると思っている数学者、真の数学者は、もはや一人もいない。だから、時間・空間は存在するのじゃない、空間は見えるからあると思っている。時間は空間になおしてあると思っている。だから、西洋の学問、思想は視覚にささえられている。あるのじゃない、あると思っているだけなんです。素粒子論なんかも、よく調べてみると、物質というものは素粒子群からなっている。素粒子は、安定な素粒子群と不安定な素粒子群とある。不安定な素粒子群は、生まれてきて、またすぐ消えていってしまう。じつに短時間です。いちばん短時間なもので百万分の一秒というような短命、生まれてきて、消えてしまっていく。また電子のような安定な素粒子群がある。そこに不安定な素粒子群、ふつうは百億分の一秒くらいで、これはそんなに短時間だけれども、ひじょうに速く走っているから、生涯のあいだに一億個の電子を歴訪するので、安定な素粒子群の典型的なものは電子ですけれども、電子の側から見たら、ひっきりなしに不安定な素粒子群がこれを訪ねているわけでしょう。だから、安定しているものは位置だけかもしれんですね。弁栄上人は、この不安定な素粒子群が第二の心の世界、時間も空間もないところから生まれてきて、またそこへ帰っていっているんだと、そう言っていることになるんです。

こんなことをいったいどうして知ったのか、そういう高僧たちはどうして知ったのか。たとえば山崎弁栄上人は、この人の信者が自然科学全書というような自然科学に関する辞書のようなものをさしあげた。それは自然科学の術語がいちおう網羅《もうら》されていて、そのおのおの下に意味が手短かに書いてある。そういうものをさしあげた。そうすると、この分厚な字引きを左手で背のところを持って、反対側の腹ページのむき出しになっているところへ右手の親指をあてて、ページをはじかれた。それで、お上人、何をしたのですかといいますと、ハイ、これでみなわかりました。それでいかにも不思議だと思って、お許しを得て、あちらの術語、こちらの術語といろいろ聞いてみた。みな字引きどおりすらすらと答えられたというのです。

これは大円鏡智というのです。無差別智というのは、第二の心にはたらく智力です。はたらかそうと思わなくてもはたらく。第二の心というのはそういうところです。私を入れなくても、第二の心にはたらく智力で動く。大円鏡智というのですが、この智力は、現在・過去・未来は現在の位置に住す。その現在は一目でわかるとそういっているのです。どうしてそんなことができるかというと、第二の心になってしまうことができた。これは第二の心に住する。そうしたら、むき出しの第二の心になる。第一の心という着物を脱ぎ捨てますね。そうしたら、第二の心は全体性のようなものです。そして時間も空間もないのだから、至るところに遍満している。だから、そうできたら、いかにも全体を一目でわかるだろうと思われます。弁栄上人はそれを実際やってみせたのです。

ところで、こんなはっきりした大円鏡智がはたらくのはありませんけれども、こんなはっきりははたらいていませんが、だれでも生まれてからこちらのことは、整然と配列されているようですね。覚えているだけでなく、忘れているが、整然と配列されているように思われますね。どこかあるところを思い出す。そうすると、それがその位置へ思い出されますね。またその端をつかむ。そうすると、自分の過去が糸を引いて、一すじの糸のように思い出されますね。また忘れてしまう、こうなっている。すなわち、生まれてからこちらのいっさいの自分の知ったことが、忘れていながら、整然と配列されているようでしょう。これが大円鏡智のはたらきですね。

連句は第二の心

岡　ところで、連句は、芭蕉が入ると締まるのです。芭蕉は、大円鏡智がひじょうによくはたらいたと思う。随想なんか書くのでも、思い出して書きますね。一つを思い出すと、その位置に思い出されますね。それから順々に糸を引いて出てきますね。芭蕉がいると、連句を全体に締めているんですね。だから、芭蕉が入った連句と入らぬ連句とのできばえのちがいは、芭蕉の大円鏡智がひじょうによくはたらいたことを示すものです。大円鏡智というのは、人の生まれてからこちら、忘れてはいるが、まるで自分の知ったことの全体が整然と配列されている。一つの図書館のなかに本が収まっているでしょう。索引をひけばいつでも出てくるでしょう。そういうことをあらしめている智力がはたらいている。これが大円鏡智で、それをむき出しに修業して、磨きあげた人に使ってもらうと、さっきの例のようになるんですね。連句は大円鏡智である。芭蕉はこれがひじょうによくはたらいた。

もう一つ、これは第二の心全体にはたらいたんですが、部分と全体との関係にはたらく智力、これは妙観察智というんです。妙観察智というのは、自分がそのものになることによってそのものをよむのです。芭蕉の俳句は、ことごとく自分がそのものになることによって、あるものをよんでいます。さきほどの道元禅師の歌をもう一度いいますと、「春は花夏ほととぎす秋は月冬雪さえて冷しかりけり」、自分はどこにもないから、無の姿ということができます。春の花のうるわしいのは、それが自分である。夏のほととぎすがよいのは、それが自分である。秋の月がよいのは、それが自分である。冬の雪がよいのも、それが自分だともいえますね。自分がそのものになることによってそのものを知る。妙観察智というんですね。芭蕉は、妙観察智もまたひじょうによくはたらいている。これが芭蕉の俳句の特徴です。自分がそのものになることによってそのものを知る。春の花になることによって春の花を見る。夏のほととぎすになることによって夏のほととぎすを聞く。それをやった。だから、無の姿というのは、妙観察智の姿といえますね。これを情緒の姿ともいえますね。芭蕉の俳句の特徴は情緒です。

芭蕉は、とにかく第二の心がよほど磨かれていたらしい。「古池や蛙飛びこむ水の音」で言い伝えがあるといって仏頂禅師のことを書いておられますね。あの俳句はほんとうでしょう。芭蕉はほとんど悟りを開いていたのでしょう。第二の心が自分だと自覚すれば、悟りを開くというわけです。無というものがひじょうによくわかって、それで妙観察智もひじょうによくはたらくし、それが芭蕉の俳句の特徴ですね。第二の心が自分だというのは、第二の心の内容が自分だということでしょう。その内容は、大円鏡智の形に頭頂葉に顕示されている。つまり、図書館のようになる。しかし、これは動かせない。しかし、それが流れて頭頂葉へ入りますと、ここは妙観察智がはたらいている。妙観察智は部分と全体だから、内容を顕示する性質をもっている。つまり、ものの心がわかる。それで心の滴々の内容が無色の色にあらわれる。これが情緒ですね。視覚中枢はこれを漏斗《じょうご》が水滴を集めるように集めて瞳に送っている。これを見れば人の心がわかる。これを心眼というのですね。心眼で見れば人の心がわかる。また心眼によって自分の心をあらわすことができる。それで中国人は、「君見ずや双眸の色、語らざれば憂いなきに似たり」という。この心眼で見れば、自然の情緒の姿がよくわかる。また人の俳句や歌の心もよくわかる。この心眼がはたらくから、東洋の日本は、俳句とか歌とかいうようなあんな短詩形でじゅうぶん心があらわせる。これが妙観察智の場合ですね。無色の色のついた心を瞳に集める。芭蕉はこの心眼がいちばんよくはたらいたんですね。

大円鏡智がはたらくから、つまり、生涯のこちらがずっと図書館のようになっているでしょう。これ不思議でしょう。忘れている記憶もそこに収まっているでしょう。これが大円鏡智ですね。これがよくはたらいた。芭蕉が一人入ると、連句が締まる。ほんとうは芭蕉がいちばん得意だったのは連句でしょう。

さびしさとなつかしさと

山本　そうですね。

岡　あれは大円鏡智がひじょうによくはたらいたらしい。芭蕉の俳句は妙観察智がひじょうにはたらいて、心眼がよく見えた。この二つを山本さんに申し上げたかった。おしゃべりをしてしまいました。

山本　全部ほんとうに私が理解できたかどうか、また速記でもう一度考え直してみますけれども。これまでも、岡先生のおっしゃったことはこれまでも読んでおりますし、共感もしているわけなんですけれども、じつはさきほどの道元禅師の歌ですね。これは川端康成さんがストックホルムでノーベル賞受賞のときの講演に引用しておりましたね。じつは川端さんが私に手紙をくださった。

岡　川端さんは、しかし、真我の無という姿だというところまではご存じない。

山本　そこまでは言ってないのです。

岡　明治以後の人は、明治以前のことは注釈しないと、たいていわからんのです。

山本　じつは川端さんは、岡先生の『日本民族』という本をお読みになったんですよ。そして私に手紙をくださった。それは「秋深き隣は何をする人ぞ」の句について……。

岡　あの「秋深き隣は何をする人ぞ」で、芥川は寂しいといっております。寂しがり屋で、まちがっているというか、芭蕉は寂しいとは思わなかったのだけれども、そう取ったってかまいません。小宮豊隆にいたっては、薄気味が悪いといっている（笑）。薄気味が悪いといったら、俳句にならんのです。あれは人なつかしいというので……。

山本　そうだと思います。

岡　あたりまえですよ。

山本　その点で、岡先生は寂しさじゃなくて人なつかしさをいったのだとおっしゃっているけれども、どう思われますかと私に意見を求められたんです。私は、やはり芭蕉の気持ちの底には寂しさはあるので、人間は寂しい存在だということがあって、その上に立って人へのなつかしさ、人と人との本当のつながりを求めています。

岡　寂しさというのは、「蜘何と音をなにと鳴く秋の風」、あれは感心したんですがね。つまり、みのむしが捨て去られるのも知らないで、秋風が吹くとチチヨ、チチヨと鳴く。これですよ。これはなつかしさなんです。寂しさもあります。ありますが、父なつかしさあっての寂しさです。それを芥川は寂しさとだけとった。それならよろしいけれども、それを薄気味わるいというのはむちゃです。

山本　芥川は、あれを寂しさとしかとれなかったところに、自殺しなければならなかったということも考えられます。

岡　芭蕉に「山吹や笠にさすべき枝の形」というのがあるでしょう。これはその人がゆかしいというなつかしさでしょう。人なつかしさですね。それを芥川は「越びと」と題をつけて、寂しさととった。そして「あはれ、あはれ、旅びとはいつかはこころやすらはん　垣ほを見れば『山吹や笠にさすべき枝のなり』」、越びとというのは、『おくのほそ道』の旅びと、すなわち芭蕉でしょう。

山本　芥川の「越し人」というのは、あれは恋人じゃありませんか。（後記。歌人でアイルランド文学の翻訳をした松村みね子のことです。）

岡　いや、「越びと」と標題を打って、そして「あはれ、あはれ、旅びとは　いつかはこころやすらはん　垣ほを見れば『山吹や笠にさすべき枝のなり』」とよんだのです。越びとということばの内容は、芭蕉という意味ですね。それは私はそう思う。そうお思いになりませんか。裏日本の人だけれども、『おくのほそ道』の旅びととある。「あはれ、あはれ、旅びとは」といって、「垣ほを見れば『山吹や笠にさすべき枝のなり』」。それはいい。寂しさはいいのですが、それから二週間たったのちに自殺してしまった。ほんとに寂しかったのです。あれは寂しがり屋だなと思った。

ところが、秋風が吹くと、みのむしがチチヨ、チチヨと鳴く。これはいかにも寂しいです。その寂しさの底には、なつかしさというものがあるのでしょう。なつかしさというものが底にあっての寂しさでしょう。だから、こんど「蜘何と音をなにと鳴く秋の風」とやったのでしょうね。そこになつかしさあっての寂しさというものと、人ひとり、個々別々の人の世は底知れず寂しいというのとは、寂しさの意味がちがいますね。だから、芭蕉が寂しいというのは、人なつかしさということですよ。

山本　そうですね。寂しさとなつかしさというのは、楯《たて》の裏表みたいなものです。芭蕉の文学の発想は、結局発句じゃなくて、連句にあるという……。

岡　芭蕉は連句ですよ。連句はものすごいと思いますよ。いまの人は無精して、芭蕉の連句を調べない。

山本　もったいない話です。

岡　日本にとってもったいない。

人生の絵巻

山本　発句だけでは、芭蕉文学の玄関口にすぎない。とにかく芭蕉が心にもっていた人生の種々相というものは、連句のなかに描れてくるのです。柳田國男先生がこういうことをおっしゃったことがあるんです。とにかく柳田先生は連句がお好きで、『芭蕉七部集』は座右の書とされておりました。そして連句の評釈も書いておられます。柳田先生がおっしゃるには、芭蕉さんというのはじつによくものを知っていらっしゃる、人生、人間というものを知っていらっしゃる。

岡　人生というものを芭蕉くらいよく知っていた日本人は、ほかにないかもしれませんよ。

山本　そうでしょう。

岡　たぶん芭蕉だ。それが連句に出ております。あれをなんでほっておくのかなあ。たなごころをさすようですね。たなごころをさすように連句をよんでいるでしょう。芭蕉が入ったら、たなごころをさすようになっているでしょう。それが大円鏡智です。

山本　いま先生が、芭蕉の頭のなかには図書館のように人生が詰まっていてと言われた……。

岡　そうです。人生が図書館のように詰まっているでしょう。

山本　それが自在に出てくるということをおっしゃったわけです。

岡　一冊抜いたら、すっと出てくる。それが連句ですからね。芭蕉の連句によって日本を知ることは、『万葉集』によって日本を知るよりよほど知りやすい。連句をみな読まんから、わざわざ『万葉集』までかえらなくても、「俳諧は万葉の心なり」といって、あそこでエキスにしてくれてあるのに……。こんどは大いに強調しておいてください。今度、角川書店が『芭蕉の本』を出すということは、ひじょうに時宜を得ています（笑）。大いに連句を強調してほしい。

山本　芭蕉がお弟子たちにどういう修業をさせたかというと、結局人生を知ることなんです。人生を知って人間というものを知ること、その資格として、「東海道の一筋をも旅したことのない連中は、ともに風雅を語るに足らず」ということをいっておりますけれども、それではなぜ旅しなければならなかったかというと、昔の旅というのは、いまのレジャー・ブームの旅とちがいまして、一つ一つ宿場宿場を歩いていったわけですね。そこであらゆる階層の日本人に触れるわけです。これまで江戸なら江戸にいただけでは見聞できなかった多様な人生図絵を、旅のなかで自分のものにすることができる。それだけのことをした人でないと、ともに風雅を語るに足らず、これは発句じゃなくて、連句をやる場合に最低の条件だといったんですね。

岡　そうです。山本さんはうまくいわれましたよ。芭蕉の頭のなかには、人生というものが図書館のごとく詰まっている（笑）。それが大円鏡智です。そこから抜いていろいろ連句した。芭蕉が入ったら、あとのものが混じっても、ピシッと要所要所をおさえていきます。それが連句となっていく。だから、これは大円鏡智。これを捨てて、発句ならまだよい。俳句というから……。あれは発句ですね。

情緒の詩人

山本　俳諧の発句です。俳諧の発句だから、そこにある情緒というものは、単に単独の俳句とはちがった情緒があるわけです。感性の質がちがいますね。蕪村、一茶なんかの俳句と全然ちがいます。

岡　全然ちがう。それに談林というのはどうしておこったのか知りませんが、御著の『芭蕉』を読んでみますと、芭蕉が談林のときに、「蜘《くも》何と音をなにと鳴く秋の風」とよんでいますね。あれがずっと晩年に出て、晩年は『炭俵』時代ですか、「秋近き心の寄るや四畳半」、こっちにあるものがこっちに抜けただけという気がしますね。芭蕉を読んでいますと、芭蕉全体がやはり一つの整然とした図書館という気がしますね。なんで芭蕉という全人格を一個の図書館のごとく見て、日本人を把握しようとしないのか。その意味で御著の『芭蕉』は、芭蕉の全人格を把握するのにひじょうによろしい。

山本　ありがとうございます。

岡　「蜘何と音をなにと鳴く秋の風」というのが、ずっと晩年になって「秋近き心の寄るや四畳半」と出て……。

山本　「蜘何と音をなにと鳴く秋の風」という句について、これまでだれもみのむしのことをいった人がないいんです。

岡　みのむしをいわなきゃ全然わかりゃせん。チチヨ、チチヨと鳴くというから、あの「蜘何と音をなにと鳴く」とまでいうてくれてあるのに。

山本　「秋の風」とまでいっているんですから。

岡　おまえはチチヨ、チチヨとは鳴くまいが、そう鳴きたいだろうといっているので、「秋近き心の寄るや四畳半」というすぐ隣ですね。途中いろいろ飾っていったのだけれども、『猿蓑』時代あたり、いちばん満艦飾ですか、また軽みをとってはじめへ戻っていますね。「此の秋は何で年よる雲に鳥」、あの辺は死期を知っているでしょうね。だいたい死期を知っているでしょう。

山本　「此の道や行く人なしに秋の暮」、知っていますね。あの句にしたって、だれも弟子たちは自分についてこない、自分は孤独だと、孤独をうたっているというんですけれども、単にそれだけではないと私は思うんですけれどね。

岡　なにか小さく見て、小さな穴からのぞいて、一つにとってしまう。芭蕉というのは、大木の一つの枝ですからね。小さく切り離して見るんでしょう。

山本　芭蕉は第二の心、と先生がいわれましたね……。

岡　時としてあらざるなく、所としてあらざるなしというのが芭蕉ですからね。生まれたときから死に至る全体の芭蕉がたえずあったと思えばいいわけですね。

山本　芭蕉は、自分のなかの私というものをたえず捨てようとした、なくそうとした。無私ということ、私なしということが、芭蕉の心がけの根本にあるわけなんです。俳諧なんてものは三尺の童子にさせよということをいっておりますが、三尺の童子というのは何だというと、結局無私ということです。先生は生後三十二か月がだいじなんだということをおっしゃっていますね。やはり芸術の発想がそこまで戻るということ、それが芭蕉のだれにもできなかったことをやりとげた根本にあるのでしょうけれども。

歌仙の世界

岡　こんどの『猿蓑』連句評釈をお書きになるのは、ずいぶんページ数がいるでしょうね。

山本　歌仙を一つ解釈するのでも、ずいぶんいりますね。三十六句ですから。

岡　芭蕉歌仙はどのくらいかしら。

山本　芭蕉歌仙はいくらあるか、完成したものと断片的なものと……。かなりありますね。

岡　それをどうなさいます。みな評釈したらたいへんなことでしょう。

山本　私は一歌仙だけです。

岡　それは惜しいな。やはり談林時代から入って、一つ一つ入れてもらったらよくわかる。

山本　全部やろうとすると、とてもこの『芭蕉の本』では収録しきれない。また時間もそれだけありません。

岡　しかし、連句に興味ある人のためにはなりますよ。芭蕉という図書館が本当に生きて来ます。

山本　こんどはサンプルをまず示すだけだと思います。

岡　サンプルを示して、こんどまた別に出されたらよろしい。それはぜひおやりになってください。やはり何時代、何時代とふんで、ずっと変わっていっていると思います。人は『猿蓑』をやかましく言いますけれども、『猿蓑』だけを見ていたのではわからんでしょう。

山本　『猿蓑』も、『冬の日』も、『炭俵』『曠野《あらの》』、『春の日』もみんなだいじですね。初期の談林時代もだいじですし。

岡　あれはだいじだと思います。あそこで芭蕉はだいたい自分の生涯の下地を書いているような、そんな気がします。

山本　これだけ岡先生が連句にご執心であったということは……。

岡　芭蕉の連句は日本の文学の第一だと思います。日本人というものが知りたかったら、芭蕉の連句を調べるにかぎる。連句を知るについては、俳句も知ったほうが便利でしょうけれども、俳句が目的で連句をやるというのでは……。

山本　俳句だけでは本当に俳諧がわからない。

岡　人生というものを知りたかったら、芭蕉に教えてもらうのがよろしい。

山本　そうなんですね。そのことを先生以前に柳田國男先生がひじょうに強調されていました。

岡　あの人は話のわかる人だから。夢もあるし、ひじょうにスケールも大きいし。

山本　いまでも、連句ははたして芸術であるかどうか、文学であるかどうか、そういう議論が盛んなんです。この本でも「連句は芸術か」「連句は芸術なり」という章をもうけています。

岡　芸術が何か知らんのです。

山本　ということは、ヨーロッパ流の芸術でないことは確かでしょうけれども、ヨーロッパ流の芸術だけでなければならないということはないわけで。

岡　連句というものの見方が全然わかってないな。わかってないということは、芭蕉の俳句というものの見方もわかってないのでしょうな。ということは、人生というものがわかってないのでしょうな。人生は、一口にいえば夢、それがわかってない。つまり、夢を見ようじゃないかとやればいいので。くだらん夢見たら馬鹿をみますよ。

山本　芭蕉は「文台引きおろせば即ち反故なり」ということをいっていますね。あの覚悟で真剣にやっているわけです。

岡　「歌仙は三十六歩なり。一歩もあとに帰る心なし」「大木倒すごとし。鍔本にきりこむ心得、西瓜きるごとし。梨子くふ口つき」という。

山本　よく覚えておられますね。

岡　いや。それはものすごいですな。

山本　ですから、芭蕉と同座して、芭蕉の指導をうけるということは、たいへんなことだったでしょうね。芭蕉の気合いというものは……。

岡　気合いですね。気合いを教えたんでしょう、芭蕉は。

山本　それで去来なんかにもさんざん怒っています。去来が当然発句を出すべきところにぐずぐずしているので……。ああいうことがだいじなんですね。そうしますと、歌仙としていまだに文学作品として残っているわけですけれども、それよりも芭蕉にとってだいじだったのは、そのときの座の雰囲気ですね。その雰囲気から情緒というものが出てくるわけなんですけれども、それをいちばんだいじにした。そこに日本人の美意識、美学というものがあるんですね。作品そのものが目的じゃなくて、その生き方が目的なんだということ、それは中世時代の生き方、結局先生のおっしゃった夢だということからきているわけでしょうけれども。

岡　夢からきているんですね。

山本　結局夢だからこそ、たった一度の、三畳か四畳半か知りませんが、小さな座敷で、三、四人の人が集まってつくり出す時間と空間とを、この上なくだいじにしようじゃないかということがあるわけですね。

岡　「秋近き心の寄るや四畳半」です。芭蕉はあれで、芭蕉一座をりっぱにつくりあげましたね。それでなければ芭蕉のあの俳諧はありません。芭蕉の俳句はよしあっても、芭蕉の俳諧はありえない。どうしてみなこうわからんのだろうなあ。

山本　〝一期《いちご》一会《いちえ》〟ということを茶のほうでいっておりますけれども、あれと同じ心がまえがやはり俳諧にあったわけですね。

岡　じっさい一期一会で、後世ずっと残るか、まったく残らんかの差が、瞬間瞬間に展開するわけですね。刹那《せつな》刹那がじつにだいじな刹那だったわけですね、芭蕉のそのときにとっては。

山本　刹那が充実しているかどうか。これが問題なんですね。

岡　そうです刹那が充実していること。

山本　そうしますと、その充実の表現として、われわれには連句作品というものが残っているので、いかに充実したかということを読み取ればいいわけです。

岡　それをよく評釈してくださったらいいわけなんです。それなんですよ。道元禅師は有時といい、聖徳太子も有時といわれた。有時とは、時空ならずで、つまり、平常の時といったら、麦わらのようになかはからだけれども、有時の時は、なかまでぎっしり詰まっていたというんですね。その有時ですね。

訓詁注釈のこと

山本　有時ですね。なかまでぎっしり詰まっている充実した時なんですね。それを読み取るのが、連句の注釈です。私は訓詁《くんこ》注釈はばかにしないんです。訓詁注釈は非常にだいじです。

岡　だいじですね。ご本を拝見してわかりました。

山本　本居宣長が『古事記伝』を著わしたとか、僧契沖が『万葉集代匠記』を著わした。あれは結局訓詁注釈の仕事がその人の記念碑的な仕事になっていますね。いろんな論文や、そんなものじゃなくて、『古事記伝』とか『代匠記』が代表作です。ですから、いまの人たちは少しく議論しすぎて、ほんとにその作品を味わうということがおろそかになっていると思います。やはりほんとうの情緒というものを汲み取ってないということなんですね。

岡　だいたい芭蕉は、自分がそのものになることによってそのものを読んだのだから、やはりそのものになりきろうとしないといけないのに、自他対立して見てしまう。

山本　先生は、単に理解するというのは自他対立であるけれども、そのものになりきって、自分のものにするところまでいかなければいけない、ということをよくおっしゃっていますね。

岡　明治以前と明治以後とではまったくちがうのです。オットー・ラプルトというドイツの、当時若い理論物理学者があって、戦前、寺田先生がまだ生きていられたころですけれども、二十代でひじょうにいい仕事をして、それで理研へ招聘されて、寺田先生の教室へ来た。それに俳句を教えた。それから鎌倉へ旅行した。そうしたら、あくる日、俳句ができたといって見せた。その俳句は「鎌倉に鶴がたくさんおりました」。これではしようがないと思うでしょう。ところが、斎藤茂吉の歌碑が箱根の大涌谷《おおわくだに》に立っている。それは「おのづから寂しくもあるか夕暮れて大いなる雲は谿に沈みぬ」。これ万葉調ですが、『万葉』の歌と比べると力強さがどうにも出ていない。それで『万葉』の歌を思い出してみる。たとえば中皇命《なかつすめらみこと》の「たまきはる宇智の大野《おほの》に馬並《な》めて朝踏ますらむその草深野《くさふかの》」、ずっと走っていますね。ところが、茂吉のほうはどうもそうじゃない。冷たく自他対立している。それで分析してみます。その歌の骨格は、大きな雲が谷に沈んだ、つまり、雲が谷に沈んだというのでしょう。それに大いなるという形容詞をつけて、寂しくもあるかと自画自賛しているでしょう。元へ戻してしまうと、雲が谷に沈んだでしょう。「鎌倉に鶴がたくさんおりました」を笑えない。同じことです。これが自他対立。ところが、「たまきはる宇智の大野に馬並めて朝踏ますらむその草深野」、主客がないでしょう。主客は無です。「大いなる雲」といったら、自分はこっちに立っている。だから、明治以後の日本文、歌をみても、第一等の歌人という人の歌は、分析したら、「鎌倉に鶴がたくさんおりました」とかわらないですね。『万葉』はけっしてそうではない。これが明治以後の日本人の芭蕉批評にたいする先生の不満を象徴していると思います。そんなふうになるのです。芭蕉は自分がそのものになっている。中皇命というのは、これは天皇の妃、皇女でしょう。天皇は狩りしていられる。舒明天皇ですか。

山本　舒明天皇の妃の、のちに天皇になった斉明天皇か、皇女の間人皇女《はしひと》だといわれております。

岡　自分が天皇になることによって馬を走らせる。したがって主客無なんです。それで自分がほんとうに馬を走らせているような気がするんですね。それでピンと調子がはるんです。茂吉のほうはヘナヘナとなってしまっている。

山本　自他対立ということは、岡先生のよくお書きになるものを拝見してわかりました。たとえば『万葉集』なんかを見ても、他人の悲しさを感じて同情するというのじゃなくて、それをほんとうに自分の悲しみとしてしみじみと感じている。それが「もののあはれを知る」ということの根本です……。

岡　芭蕉はそれができたから、「蜘何と音をなにと鳴く秋の風」「秋近き心の寄るや四畳半」というようないいのができて、それができたから、芭蕉一座を組み上げることができて、芭蕉一座を組織することができたから、ああいう連句が残ったんですね。まったくそれがもとです。みんな芭蕉が慕わしゅうて、心が寄ったのです。

情緒の文学

山本　先生は情緒ということをよくいわれますけれども、結局情緒というのは、認識の手段、認識の一つの方法ということになりませんか。

岡　認識の根底です。

山本　つまり認識というのは、理論とか理知とかいうことで認識するのではけっしてなくて、情緒がともなわなければ完全に認識できない。

岡　情緒がともなわなければ認識とはいえません。

山本　それが日本人は昔からわかっていて、もののあわれということをいっております。これは人生のあわれでしょう。人生のあわれ、人生の種々相を身にしみて感じるということなんでしょうけれども、必ずもののあわれを知るといっている。知るということですね。

岡　認識する。

山本　認識ですね。情緒を通して認識することですね。

岡　そうすると、芭蕉は人生というものを認識していたんですね。

山本　柳田先生が、どうしてあれだけ芭蕉さんは人生というものをよく知っていたのか、不思議だとおっしゃる。シェークスピアのことをミリアード・マインデッドの詩人だということをよくいいますね。千万人の心というのですか、それだけの心をシェークスピアはもっていた。日本の作家でそういう言い方を許されるとすれば、やはり芭蕉はミリアード・マインデッド……。

岡　芭蕉はシェークスピアどころじゃありませんよ。

山本　比較するわけではないんですけれども。

岡　比較せよというならしますが、シェークスピアの作品は横に並んでおりますよ。芭蕉の総文学は縦一列にいっております。どんどん人生を歩いております。シェークスピアは、本が羅列している。それで千万人の心というと、あの心も知っている。この心も知っているという知り方。芭蕉は大円鏡智です。たなごころをさすがごとく千万人の心を認識している。

山本　シェークスピアとはちょっとむずかしいですが……。

岡　そこにちがいがあるということは、山本さんはわかるでしょう。なかなか日本人にはわからぬ。

山本　西鶴は人生を知っているというふうにいわれるんですけれども。

岡　西鶴の知り方とはちがいますよ、全然。

山本　西鶴はせいぜい町人社会を知っていた。

岡　わけ知りぐらいです。――このたびは一つだけでしかたがないとして、ほんとに畢生の事業として連句を書いてください。ほんとうに剣道の気合いの入った、時は空ならずというところが出ていればよいので……。

山本　もう一度川端康成さんのことですが、ハワイで講演されたことばのなかに、日本人の風雅思想、風流思想の根底には、こういうことがあるというんです。「雪月花のとき最も友を思う」という詩がある。川端さんはそれを矢代幸雄さんの『日本美術の特質』のなかでみつけたらしいんです。その詩をおっしゃって、雪月花を自分だけで見るというのじゃなくて、そのときに友を思うということがだいじなんだといっておられました。それで私は、だれの詩なんですかと川端さんに聞きましたら、だれの詩か私が知るものですかと川端さんはいう。矢代さんの本を見ていましたら、白楽天の詩なんです。雪月花という最も美しいものを、自分ひとりで見ないで、友と一緒に楽しみたい、ということですね。

岡　それほど深くないけれども、はっきりわかる。

連衆心のささえるもの

山本　結局連句の根本というのは、やはり自分一人じゃなくて相手がある。何人かによって一つの世界をつくろうとする。つまり、人間というのは、一人一人別々に生まれてきて、別々に死ぬのですから、孤独な存在ですけれども、そこになにかつながり合おうとする気持ちがある。ところが、芭蕉の発句だけを見て解釈する人は、芭蕉の孤独さということをしきりに強調するんです。

岡　芥川もそこしかわからない。

山本　その裏に、人とつながろうとしている芭蕉の気持ちを読み取っていないわけなんですね。それがだいじなんですよ。それでなければ連句をやった意味がない。

岡　芭蕉の寂しさというのは、自分が寂しいのじゃない。人はみな寂しい。

山本　人の寂しさというものをあたかも自分の寂しさかのように認識する能力です……。

岡　だから、「蜘何と音をなにと鳴く秋の風」「秋近き心の寄るや四畳半」「この秋は何で年よる雲に鳥」だって、自分がどうしようじゃない。みんなと別れていくだろうなということを予感していたらしいですね。

山本　芭蕉がもったそういう人なつかしさというものを『万葉』の詩人も感じておりますね。

岡　人麿も志賀の宮なんかに寄って、人なつかしさをよんでいますね。

山本　それから、斎藤茂吉さんの『万葉秀歌』には黙殺している詩人ですけれども、高市連黒人《たけちのむらじくろひと》というのがいるんです。この人は十八首くらいの歌しか残っていないんですけれども、みんな旅の歌なんですね。旅先で、たとえばこういう歌がある。「何処《いづく》にか船泊《ふなはて》すらむ安礼《あれ》の埼《さき》榜《こ》ぎ廻《た》み行きし棚無し小舟《をぶね》」。

岡　それはよろしいな。

山本　自分と縁もゆかりもない棚無し小舟に行きずりあったのです。それが今夜はどこに舟がかかりするか、気になってしかたがない。

岡　その歌はよろしい。

山本　縁もゆかりもない人をそれほど気にしていて、その夜になって詠んでいるわけですね。今夜はどこの港にとまっているだろうなと。ああいう普遍的な連帯感といいますか、そういったものは、やはり人なつかしさの感情だと思います。

岡　寂しがるなら、ひとの寂しさも寂しがらなければほんとうの寂しさにならぬ。

山本　ひとの寂しさと自分の寂しさをともに感じるわけです。

岡　それで人なつかしさになるんですね。

山本　結局人間というものはそこまでいかなければしようがないでしょうね。

岡　そこまでいかなければ、人生というものはわかりませんよ。単なるエゴイストにすぎない。じつに醜悪な夢です。これはほんとに畢生の事業としてやってください。日本はよい本をもつことになるでしょう。こんどの『芭蕉の本』はその手始めを出すわけです。

山本　なにか近ごろの学問を見ると、学問が部分的にトリヴィアルに詳しくなってきている。そして大きなところでつかみそこなっているという感じがするんですけれども。

岡　そうなんですよ。まったく何もわかっていないのに、西洋の学問をいう。西洋の学問の典型的なものを見ますと、植物というものは葉がある。葉には葉緑素というものがある。日光があたると同化作用が営まれる。空気中の炭酸ガスと、根から吸い上げた水分とから含水炭素をつくる。この含水炭素によって成長するといって、みなわかったような顔をしている（笑）。ところが、問題はそのあとですね。松の含水炭素はどこにどう使われても、一滴一滴みな松になる。竹の含水炭素はどこにどう使われても、一滴一滴みな竹になる。なぜかということ、これはこうですよ。これはまことにわかりやすい。植物にも第二の心はあるんです。動物にしかないのは第一の心だけ。人が高等な動物であるというのは、第一の心が高等であるというにすぎない。むしろ第一の心がないから、植物はむき出しの第二の心なんです。だから、大円鏡智がはたらいている。だから、松の含水炭素はみな松になる。竹の含水炭素はみな竹になる。これなんかいちばんわかりやすい。植物界というものを一言にしていえるでしょう。それが西洋では一つもわかってないでしょう。これが西洋の学問の典型です。人は第一の心もあって、しかもそれが発達しているから、第二の心を蔽い隠す黒い雲となりやすいので、だからはっきり出ませんけれども、それでも第二の心ははたらいている。松は松という種類ですが、人は一人一人別々、松という人は、何をどうしてもみな松だし、竹という人は、何をどうしてもみな竹、これが個性でしょう。同じことなんです。大円鏡智。芭蕉はその大円鏡智がひじょうによくはたらいていた。だから、芭蕉の一言一句、芭蕉を松とすれば、みな芭蕉という松をあらわしているんですね。それを見ようと思えば、連句でないと……。

人間とコンピューター

山本　その点はよくわかりました。先生はいつか小林秀雄さんと対談されたことがありましたが、あのなかで、とにかく数学というと、私ども素人《しろうと》は、全然これは論理的に追いつめていかなければならないものだと思っておりましたら、数学を解くには情緒が大事なんだということをおっしゃった。

岡　情緒を形にあらわすから数学になる。情緒がなかったら、まるでもとがない。情緒を数学の形に変形するだけです。情緒がもとなんです。数学は一つの変形なんです。数学はまったくことばですよ。数学というものが時間・空間の存在がいえないというのだったら、実数の全体の存在は証明できない。そうしたら数学の存在は証明できない。こんにち真の数学者は、数学の存在は未来永劫《えいごう》証明できないだろうと知りつつ、なお数学をやっている。つまり、数学ということばがある。数学ということばによって何を表現するかというと、詩を表現する。詩というのは、一つの内容のあらわされたもの、その詩の内容の一つ一つを情緒というのです。情緒といったら、なんとなく情的にねばりつくように思いますが、そうじゃない。詩のもとの一つ一つを情緒という。

山本　センチメンタルな要素を情緒だと思っている人がいるけれども。

岡　それも情緒ですけれども。

山本　それは低いものですね。

岡　低い情緒です。情的情緒で、狭く、しかもごく低くて、そんなねばりついているのは、情緒といわんでしょう。そうなったら、つまり喜怒哀楽、感情ですね。

山本　私は、結局情緒というものがあって、人と人とはつながりあうものだと思います。こんにちという時代は、情緒がじつに稀薄になっている時代ですね。それがよくわかるというのは、結局だれも人を殺そうなんて思わないんだけれども、しかし、人は毎日毎日殺されていく。人が殺されて行くことに、政治家も実業家も車を運転する人も、平気でいられるような時代です。これはどういうことなんでしょうね。そういう時代というのは、いちばん悪い時代なんでしょうね。昔の辻斬の時代よりも悪い時代です。何かまちがっているんですけれども。

岡　東洋が自身を忘れて、西洋をまねているからいけない。西洋は「あかあかと日はつれなくも秋の風」、東洋は夢の国、その夢がなくなった。

山本　先生にとっては、数学と道元・芭蕉というのは一つのものなんですね。

岡　数学のほうが浅いです。こんなものは二代やろうとは思いません（笑）。西洋のもののうちではいちばん深いのでしょうけれども。西洋は、すべて時間・空間というわくのなかに入っているのを知らない。カントは、時間・空間は先験観念であって、これなしには考えられないとはっきりいっている。ほかの人はそうはっきりはいわない。やっていることは、時間・空間というわくのなかでやっている。しかし、時間・空間というものが存在するかということは、実数の全体というものが存在するかということ。ところで西洋の学問は、数学だけは実数の全体というものが存在するという証明は、未来永劫あたえることができないと思っている。これはいちばん進んでいる。しかし、そのあと時間・空間を離れてしまう。

山本　近ごろコンピューターなんかが出てきまして、これまで国文学者なんかがいろいろデータを調べて統計を取ったり、カードや索引をつくったりしていたんですけれども、そういうものはコンピューターで簡単にたたき出せる、これまで自分たちがやったことはむだだったのかといって、がっかりしている人がおりますけれどね。

岡　繁雑さの処理ということにかけては、コンピューターに及ぶものはない。あの連中のやっていたのは、繁雑さの処理を出なかった。

山本　それを学問と思っていたわけですね。

岡　掃除人です。

山本　ですから、コンピューターでは不可能な部分が本当の学問なんですけれどね。

岡　そうです。お掃除はコンピューターにさせたらよい。

山本　ところが、昔の人は、いろんなカードとか索引とかをつくった。いまだったら、『万葉集』の索引とか、『古事記』の索引とか、いろいろ便利なものができている。それで調べますと、あることばが出てくると、これはどういう場所に出てくることばだということはすぐわかるわけです。

岡　それはコンピューターにやらすべきです。このごろ野球の試合でも、コンピューターを使っておりますね。あんなふうにさらさらと出てしまう。

山本　昔の本居宣長とか僧契沖という人は、それをいちいち自分でやって、頭のなかにしまっている。自分の頭をコンピューターにしたわけですね。

岡　そうです。自分の頭の場合は大円鏡智になる。外でおかしなことをやるとコンピューターになる。

山本　大円鏡智の学者はこうなるとなかなか出てこないんじゃないですか。

岡　出てこないといっても、人物はいないですけれども、全然いないわけじゃありません。少しはいる。山本さんが芭蕉の連句を書いてくださったら、もう第二の山本さんはいらんわけです。一人でいい。そのかわりに今度は『猿蓑』の評釈を完成して下さい。

山本　書けるだけのことは書いておきましょう。

岡　まだお若いから（笑）。

講演　こころと国語

岡　潔

（一九六三・一〇・一〇、於奈良県高等学校国語文化会総会）

こころと国語

ご紹介にあずかりました岡でございます。私は、大学は数学科を出まして、その後ずっと、もうかれこれ四十年ぐらいになりますが、数学の研究をやっております。それで、国語については専門ではありません。その私がなぜ皆さまがたにお話ししようと思ったかと申しますと、専門に国語をやっているのでない私が見ましても、なおかつ、小・中・高等学校における教育で、一番主要な教科を挙げよというなら、それは国語である、とそんなふうに思えるからであります。国語をやっていない者の眼にもそう見える、ということから、お話し申したいのであります。

人には、心というものがあります。そして、それが非常にたいせつなのです。心というものがあって、それが非常にたいせつだということは追って申します。その心を表現しようと思えば、ことばしかない。だから、心が大事ならば、国語が大事に決まっています。私は、心が大事だから国語が大事だといっているのです。それで、心というものが非常に大事だというお話をします。

これは身近過ぎて、かえって、秩序立ててお話ししにくい。それで、初めから思いつくままにお話ししようと思います。

心というものが、こんなふうにある。もちろん、そのあり方がいろいろなように、いろいろなあり方であります。そのおのおのが大事だから、心が大事だということになるわけであります。それをお話しします。わざわざ断わらなくても、だから国語が大事だということになると思います。たぶんそういうことになるだろうという予想のもとに、いろんな角度から、心というものがあって、非常に大事であるというお話をしようと思います。だからどんな内容になるか、時間のほうはだいたい一時間で、これはわかっています。

私たちは、自然はある、と思っています。ちゃんとある、と思っています。が、心というものは自然ほどはっきりあるのではない、まあだいたい、今そう思っていられると思う。が、一度自分の眼でたしかめて見ましょう。眼といえば、もちろん、知性の眼です。自然、もう少し具体的にしまして、前に緑の山があるとします。すると、それが自然ですね。そして、私たちはそれがある、と思ってますね。緑の山がある、と思っている。

なぜ、緑の山がある、と思ってるかというと、緑の山がわかるからでしょう。

しかし、この「わかる」というのは、心の働きですね。自然がわかる、だから自然がある、と思ってるんですね。この「わかる」というのは心の働き、「思う」というのは、これも働きといってしまってもよろしいが、これは心の「状態」ですね。この際は、「安定」を意味する。で、心には、働き・状態、そのほかにもう一つ動きというものがございますね。

ギリシャ人は、これがわかったんでしょうか。ともかく、働き・状態・動きを知・情・意と呼んだらしい。私たちは、そのことばをそのまま借りて使っています。

ギリシャ人にはそれがわかったのかもしれませんが、それを受け継いだ西洋人には、これはできなかったのかもしれない。こういうところを見る眼が、西洋人は非常に弱いのです。それで、自分の眼で見なけりゃいけないのです。

私は、自然がわかる。「わかる」というのは、「知」と呼ばれる心の働きです。だから、自然がある、と思っているのです。「思う」というのは、「情」と呼ばれる心の働きです。まあ、こうですね、自然との関係は。

順序で申しますと、最初に「心の働き」があって、しかる後に、自然がある、ということになります。ところで、自然は本当にあるのでしょうか。それとも、ある、と思ってるだけなんでしょうか。こういう疑問があります。

この問に答えようと思えば、宗教的方法を許容するほかはありません。普通、文化と呼ばれているところは、宗教的方法を取り入れることを許しませんね。許さなかったら、この問には金輪際《こんりんざい》、答えられない。

自然科学は、自然の存在を主張するのからはずいぶん遠い。たとえば、数学ですが、こういうことをお話ししてますと、心というものがあることがわかっていただけます。そうすれば、心を表現するのは、心が大事ならことばはそれと結びついてますから、今言ってるのだってこれはことばだから、これによってご説明しているので、ほかのものによっていない。ずいぶん、心はことばによって伝えられるのです。だから、国語がどんなに大事かということは説明を要しない。心というものがどんなにはいりこんできているか、ということをお話しすれば足りる。

それで話を戻しまして、自然科学とはどういうものかを手短に見ようと思いますと、数学とはどういうものかを見るのが早い。数学においては、数に二種類ありまして、自然数・順序数と申します。順序数というのは、一番目・二番目・三番目などというのがそれです。自然数というのは物の数が一つ・二つ・三つなどというのです。これは加えることができます。

　この自然数の一というのは何か。これは、数学では決して取り扱わないのです。なぜかというと、こんなところが取り扱えるはずがないということを十分知ってるからです。

　なおここで、宗教のお話をいたしますが、宗教の悟りの位に無生法忍というのがあります。これは、非常に高い悟りの位です。

　この悟りを得れば、自然数の一がわかるとおっしゃったお上人があります。そうだろうと思います。無生法忍というのは、簡単にいいますと、大自然。大自然といいますと物心両面の自然という意味ですが、大自然の理法がわかるという悟りの位のことでして、そうおっしゃった方はそれを得ておられたのですが、亡くなってしまわれた。その方が、無生法忍を得れば自然数の一がわかる、それまではわからない、とおっしゃった。

　それで、数学ではとても取り扱えませんから、自然数の一とは何かを全然不問に付しています。数学が取り扱うのは、その次の問題からです。どういう問題かというと、自然数と同じ性質、というと数え上げることができるのですが、それを持つような体系が存在すると仮定しても矛盾は起こらないかどうか、そこから先です。

自然科学では数学を使っていますし、全体としてみても同じことです。自然科学は、そういう体系として完成している。その形式のほうの理想から申しますならば、自然の法則というものがあると仮定しても矛盾が起こらないというのが理想です。現在そこまでいえているかというと、いえてはいません。将来そうなるか、と問われたら、疑問だ、と答えるほかはない。それは人智の範囲内か、それとも超越しているか、もっとくわしく調べなければわからない。

ともかくいえたとしても、自然法則というものを持ったなにがしかのものが実在すると仮定しても、矛盾は起こらないということなのです。これは自然がある、というのとはだいぶ遠い。それで、宗教的方法を許容しないなら、自然が本当にあるのか、自然があると思っているだけなのか、という点については尋ねるようなことはしてはならない。無知そのものなのです。そういうのが自然なのです。自然とはそういうものです。

ところが、西洋人は、自然があると思ってしまっているのか、自分の無意識の仮定であるということをよく見る眼が弱い。自我が強過ぎる。それで、自分が暗々裡においた仮定を実在の如くにしか思えない。そういう西洋人のつくりあげた自然科学だけでなく、知識体系を私たちはだいたいそのまま取り入れているのです。そして、これは一朝一夕につくり直せるものではないから、仕方なくそれをそのまま使っているのですが、それを使うたんびに、自然というものはあると全面的に仮定して、そこから出発していることになるのです。私たちと自然との関係はそんなものです。そういう自然だから心というもののあることを否定したのです。心は非常にたよりなくしか存在しないのだというふうに。そのため、心というものをだんだん軽く見てきた。明治の初めから、その傾向は始まってるんでしょう。絶えずその傾向に進みつづけて、今ではもう、ほとんど心というものが実在しないかのように思ってしまっている。私の経験では、心というものを真正面からいった人は宗教家は別として、漱石先生が最後です。漱石先生のお弟子の寺田寅彦先生とか、芥川とかは非常に心の問題を取り扱ってはいますけれども、もはや正面から立向かってはいない。

　もう一度初めから見直しましょう。私たち人というものは、自然の上にじかに住んでいるか。これを見るには、割合に人の集まっているところへ行ってごらんになるのがわかりやすい。街なんかがよい。しかし、人数が少なくてもわからぬことはないでしょう。ご自身の眼だけで見ていただきたいのですが、人は自然の上にじかに住んでいるかというと、なかなか住んではいません。自然との交渉は感覚ですね。だが、知・情・意はそれとは違いますね。この知・情・意の世界を普通、観念の世界といいます。だいたいそれは、大脳前頭葉の働きです。

観念の世界ということばには、さまざまの意味がありますが、知・情・意の世界を観念の世界としておきます。人は平生、何がしかの観念の世界をつくって持っています。それで、自然界の上にその観念の世界を投影する。それだけでなく、時々刻々と変わる感情・意欲というものを持っている。その自然界の上に、自分の観念の世界を投影した世界の上に、さらに感情・意欲を流す。そうすると、一つの世界ができます。想念の世界とでも申しますか、めいめいが自分の想念の世界を持っている。その世界の中で行動しているらしい。

たとえば、電車の中で相当、人が立っている。そこで一人が二人分の席を取っている。股を大きく広げることによって二人分を占める。しかし、人が多勢立っている。それを見ていながらそういうことをしている。それで、眠たくもないのに寝たようなふりをしている。眼をふさいでいる。その人は、二人分の席を占めているという、ただ一つの想念に満足している。あとはまったく闇の中を、車に乗っている。その人は、そうしている。こんなことをして何がおもしろいんでしょうね。自然界も何もありはしません。本当に寝ていたのなら夢でも見てるでしょう。起きてるのに、眼をふさいでいる。

しかし、大なり小なりそうなのです。親しそうな人たちが二人で歩いてゆく。たいていは別々の想念の世界を歩いている。たとえば会社へ急ぐ人は、会社への道を急いでゆく。このことについて、二ついうことがあります。一つは、その場ですぐよりも、少し経《た》ってからその印象を思い出したほうがはっきり見えるということです。

もう一つは、じっと見ておればだんだんよく見えてくるということです。これは、こちらのほうの心の働きです。これは、ずいぶん強くなるものでして、他の人々の住んでいる想念の世界は、瞭々として見える、ということです。こういう心の働きを、大円鏡智といいます。それから、あとになって思い出して見たほうがよくわかる。これは、あとになってふりかえって見ると、自然は出てこない。その人の住んでいた想念の世界が出てくる。それがわかるのは、自分も幾分その人の気持になったからです。これは、あとになって印象をふりかえってごらんになるとわかりますが、そのときの自然はそれほど詳しく描写できません。しかし、その人がそのとき行為していた想念の世界ならずいぶん詳しく描けます。このほうの心の働きを妙観察智と名づけています。

心というのはそういうものなのです。そして、そちらから見たほうが早くわかる場合が多いのです。ところで、こんなことは学校でどの学科が教えるのでしょうか。それは、国語が受持つのが一番よい。よいものを深く読ませて、それから、書くときは深く書かせる。そうしていますと、だんだん心というものが見えてくるのです。

今申したようなことを、少し角度を変えて申しますと、「わかる」ということばがあります。「わかる」というのは、ある働きです。初めに申したとおり、心の働きです。深さはさまざまであります。教えるとしましても、一番簡単にわかる、浅くわかる、というのは形式的にわかるんでしょう。形式的にわかるというだけでは、これはほとんど鸚鵡《おうむ》の口真似です。この字はどんな意味か、というと、こんな意味だ、とは書けますが、本当の意味まではわかっていない。もう少し深くなると、意味がわかる。これが、知的にわかるということなんですね。「理解する」ということがそのことなのです。もう少し深くわかるに、一つは知的に見まして、意味がわかるだけでは足りない。意味がわかるだけで行為しますと、猿の人真似になる。それが猿の人真似にならないためには、「意義」までわからなければならない。「意義」がわかるというのはどういうことか。全体の中における個の位置がわかることでしょう。だから、そういうふうにわかる。

むつかしいことのようですが、鏡は物の影を写します。それと同じにわかればいいんですね。その影がわかるとともに、その影の位置もわかる。ですから、鏡が影を写すがごとくにわかれば「意義」がわかる。意義がわかるまでは、だめなのです。それには知性・知力が鏡が影を写せるごとく写せるようにならなければならない。

もう一つ、知的にだけわかったのでは大いに困ることがある。人の悲しみなどというものを、知的にだけわかったのでは困ります。その中間のものですと、非常に広いのですが、いつも挙げる例ですが、秋の日射しがわかる、その趣がわかる、その深々とした趣がわからなければならない。このほうには、深さにきりがないのです。これは、情的にわかることですね。知的にわかるのを「理解する」というのなら、情的にわかるのは、「情解する」とでもいえばよいわけです。

道元禅師はこれを「体取する」といっていますが、身につける、つまり水を飲めばどれくらいの暖かさであるか、味であるか自然にわかる。それと同じようにわかる。人の話をきいているうちに、しらずしらず人の心と同じような心になる、やがてははっと我に返って、あの人の悲しみはこういう悲しみだとわかる。秋の日射しもそうです。しばらく我を忘れて見入っているが、はっと気づいたときにその情趣がわかるわけです。だから、「体取」するというのです。この、鏡に影を写すがごとくにわかるのも、物のこころがわかるのも、みんな心の働きです。

人が水彩画で風景を写生しているとしますね。このとき、この二種類の心の働きは無意識にではあるが、常に働かせているでしょう。一筆入れるごとに、絵の全体にどういう効果を及ぼすかを絶えず見ながら筆を入れている。また、そうしてできあがってゆくものが自分の出そうとしている情趣に近づいてゆくかどうかを絶えず見ながら、筆を入れている。

こんなことをちゃんと教えようとしたら、国語でなければ教えられないでしょう。よいものを選んで、深く読ます。書かすときは深く書かす。こうして教えるよりほかに、ちょっと方法がないでしょう。だから、心のことをそのままお話しすれば、そのまま国語がどれくらい大事か、ということがわかる。外国語では役に立ちません。だいたい、習慣に合わぬということも困りますし、何よりも浅過ぎます。

思いつくままに、心がどんなにたいせつかということをお話したい。自分とは何ぞ、そんなむつかしいことでなくて、自分というものを考えますね。すると、これが自分なのだ。しかし、それだけではないでしょう。三次元的に考えて見ると、自分はある時間にいるんでしょう。ところで、どの時間にいるのが自分なのかというと、現在にいるのが自分でしょう。現在にいない自分なんて、自分の思い出か、それから未来にいる自分などは空想か、現在にいるのが自分ですね。それだとまず、自分とは時々刻々に変化してゆくんですね。だから、これは刹那的現象ですね。まあそれはよいとして、現在というのは未来に直面してるんですね。

ところが、過去と未来とは、たいへん違います。三次元の軸を、もう一つ軸をふやしたら四次元になりますが、これが時の軸だなどというそれじゃないでしょう。未来というのはたいへん特別なものです。過去というものは現在の古いものの続いたものだと見られるにしても、未来は違います。実際、数学の研究なんかやってると、だから自分で研究してみようというのですが、未来に直面しますと、未来からは、何か研究していると、疑惑・不安・危惧がむらがり起こる。これが、未来ですね。

人はそこに希望を見いだす。人はそこに不安を持つ。そして、わかってるようでわからない、わからないようでわかってる、と思ってますけどね。たとえばそんなうまいことが一分後にあるものか、と思ってますが、やはり本性はわかっていない。そういう不可思議な性質を持ったのが未来で、その未来に直面しているのが現在。そして、そうしている自分でなければ、生きた自分ではないでしょう。何よりも生きた自分というものは、現在に立ち過去を背負って、未来に直面してなければいけない。ところが、この「時」というものは物理の時のように、簡単には言い表わせるはずがあるものですか。これはやはり、国語でなければ、ことばでなければとても伝えられない。今、いっしょうけんめいそれをいおうとして下手なことばを操っているのです。

この、現在に立ち、未来に直面してるということを自覚しますとね、あんまりでたらめはやれない。未来に対してあこがれも持つ、希望も持つ。女性はあこがれを持ち、男性は理想を持つ方が多い。ともかく、理想・憧憬・希望を持つ。困難を予想しますから、志、そんなものをみんなが持つ。

だから人は、現在に立ち未来に直面しているんだという自覚がなかったら、本当に生きているとはいえませんでしょう。その自覚さえあれば、あまり自己を見失ってはいないでしょう。それを見失うものだから、牡丹《ぼたん》の花盛りに日のよく当たる縁側で猫が丸くなって寝ているというふうな状態になる。そこで連想されることばは、幸福という字だけです。日向《ひなた》で丸くなって寝ている猫にも幸福はあります。だけど、理想や志はない。今の日本人は自己を見失っています。その証拠には、理想ということばを聞かない。理想の内容は真・善・美です。志ということばも聞かない。ただ、「幸福」という声だけが聞こえる。それは、人が全く「時間」というものを忘れたからです。時間の特性は、何よりも未来のあることです。未来というものは、これは一種独特のものです。これはたぶん、人類に与えられた特権なのだろうか。動物には、あんまりありそうもない。

研究でもしてごらんなさい。実際、未来がどんな恐ろしいものであるかがわかる。自分でやるのと、人のやったものをそのまま理解するのと、絶対の差がそこにある。自分でやったのでなければ、これはごくすぐれた人なら別でしょうが、そうでなければ未来に直面するという、それができない。こんなことはみんな心ですけれど、心の中にしか真の時間というものはない。そういうお話をすれば、みんな国語になりましょう。

時間というものを、座標軸の一つのごとく糸を長く引いたもののごとくある、と思ってしまっている。そして、未来も過去も同じことだ、軸の向きが反対なだけ、ぐらいに思ってしまっている。しかし、実際はそうじゃないでしょう。心の中の時間というものは、神秘不思議なものです。それがわかれば生命がわかる、というくらいのものでしょう。

ともかく、自分は未来に直面しているのだという自覚があれば、今の日本人のようなふうにはなりません。また、それがなければ生きているとはいえないと思う。そうなります。これはみな、国語の範疇ですね。こんなことを教えるんですから、やらすんですから、手段からいったって何からいったって、これみな国語なのです。

まあ、すべてみな、心の中のものが意味を持っているのです。取り出して抽象化したものには意味はありません。時間なんかはよい例です。自然の中の道を歩いてはいない、といいましたが、じかに自然の中にある道を歩くことができるのは、昔のよほど偉い禅僧か何かでなければそんなことはできません。必ず想念の世界があって、そこを歩いています。それを見る眼は、練習すればだんだん開けてきます。しまいには瞭々としてくる。その場ですぐに見るよりも、あとで印象をふりかえったほうがよくわかる。まあ、それくらいのところで実際やらせるのがよいでしょう。

ともかく、心の表現としてことばがある。すなわち国語です。外国語ではとても……。外国語をやるのは別な目的です。ところがその心ですが、私たち、単細胞からずっと向上して今日までに至るのに、だいたい二十億年かかっているといわれています。火を使うことによって、思索するゆとりができた。それ以後文化があると教えられていますが、それは六十万年といわれています。比較しますと、歴史あって以来、ほんの一瞬です。まことに一瞬です。さらにそれを詳しく見ますと、文化あって以来、一万年ほどです。だから心といったら、そういうスケールのものです。だから、そんなところに新しいも古いもないでしょう。そう急に心が変わってどうなりますか。

私は、徳川時代三百年の鎖国のため、私たち日本人は損をした、と思っているし、いろいろそういうふうにいう人も多い。しかし、あの間に芭蕉一人が出ているということのプラスと、鎖国によって失ったマイナスと、十分相殺《そうさい》できると思っています。日本の歴史はだいたい二千年ですが、その間に芭蕉ほどの人は一人あればよいが、一人もなかったらまことに困る。二人は出なくてもよい。同じことが道元禅師についてもいえます。『正法眼蔵』などは、あれは世界に二つとないものであります。

日本は、前に道元禅師の『正法眼蔵』を持ち、後に芭蕉一門の俳諧を持っています。まあ、それだけだというわけではありませんが、そういうものが国語だと思います。私たちはだいたい、国文学や漱石・芥川・佐藤春夫などを読み、芥川・佐藤春夫が活動しているころに大学時代を送り、卒業してすぐの時代を過ごしたのですが、そういう人たちに学び、今日もそれが別に古くなったとは思っていません。

よいか悪いか、古いか新しいか、ということですが、だいたい、心がそんなに古くなっていることはない。だいたいこれらの作家にかわりうるその後の作家が何人いますか。

人に大事なのは心です。心を表現しようとすれば、国語しかないのです。心を表現してもらわなければ、どうにもならない。だから、国語をおやりになる方は、もっぱら心との関係がどうであるかをごらんいただきたい。右顧左眄《うこさべん》することはいらない。あとのものは諸学問等、ことばが欲しければそうしてできた国語を使うでしょう。じかに心は表現できるものではない。もっぱら心にのみ従って、他のものを見るべきではない。

国語審議会ですが、一番いけないのは、法律なんかで何を使っているかなどということをいうことです。どういうのについていってるかというと、「意志」という字があります。これは、ギリシャ人が分けた知・情・意の「意」であるべきはずであります。それを、「意思」と書く。「意思」と書くと、これは願望という意味です。「自由意志」の意味では全然ない。法律で、この「意思」を使っているからという。だからみんなこれにしてしまえ、という。

これは国語審議会の話です。ところが、法律というのはよっぽど特別の世界です。法律において自分とは何かといえば、この肉体のことです。それから罰せられるのは、肉体が行なった行為です。基本的人権を与えてもらって、保護されているのは肉体です。法律はそれでないと取締れない。しかし外には、それでよいものは一つもない。だから、法律においては内部は問わない。外部に現われたところを問うだけです。だから、その人が願望するかどうかだけが問題になる。内部で自由意志が働いていようといなかろうと、そんなものは問わない。だから、イシといえば「意思」と書く。しかし意思という字は今まで無かったわけではなく、別の意味で使われていたのです。法律では「意思」として「願望」という意味でよいでしょう。外に現われるところならそれでよい。で、法律でそうしているからというので、どれもみなそうしてしまえと決める。今、新聞社だってそれに従おうじゃないか、となってる。びっくりしました。「意志」を「意思」に変えられた。これは、意味が変わってしまいます。だいたい、何をいってるんだかわかりません。万事、その調子です。

法律用語を取って「心」をやろうなどとは、「木に縁《よ》って魚を求める」如きことです。すべてそうです。「心」をいい表わそうとしていないのです。「心」をいい表わすに必要な字は省いてある。たとえば、悠久という時の「悠」の字を省く、そうすると、「悠然として南山を見る」というのがいえない。「久」の方は、「時間が経っても変わらない」と長くいえばよい。しかし、「悠」のほうはいえません。そういう国語審議会が、だいぶいろんなことをしました。教科書は、だいぶそれを取り入れた。こんな不見識なことはない。

それとも、国語審議会で決めたとおりにやらなけりゃならない、という法律でもあるんですか。

ともかく、心をいい表わすのは、ことばです。すなわち、国語です。お互いの心を表現するのは、国語によってする。自国語を大事にしなかった大国民はこれまでかつてなかったし、今でもない。それは、国民の共通の心が奮《ふる》い立つも奮い立たないのも、形に表わそうとすれば、ことばでするより仕方がないからです。たとえば、今、戦いに負けた。それからして、風船がしぼんだごとくげそっとしてますね。それが、気を取り直して立上がる。そういう前のありさまをいい表わそうとすれば、ことばがなかなかむつかしい。そのときは、ことばを上手にいった人のいい方を借りてくるんですね。すぐにわかる。「若の浦に潮満ち来れば潟を無み葦辺をさして鶴鳴きわたる」こんなふうに立直る。これが、士気興隆です。赤人《あかひと》のことばを借りればともかく、自分のことばではなかなかいえない。それが、国語というものです。

数学だって、国語だけで十分というのではありません。少し付け加えなければならないものもある。しかし大部分、国語ですよ。自分の心を見つめて、描写することができるかどうか、それが基本です。ほんの少し、付け足さねばならない。私が研究もし教えもしている、その数学についてです。自分の心を見つめて、描写することのできないものに、数学を教えることはできません。みなさんは国語というものが心と直結したものであり、心なしでは何にもないのだ、ということをよく自覚なさって、この使命をかざして進んでいただきたいものだと思います。

萌え騰るもの　司馬遼太郎×岡　潔　『岡潔集　第一巻』（一九六九年　学習研究社）
美へのいざない　井上　靖　×岡　潔　『岡潔集　第五巻』（一九六九年　学習研究社）
人間に還れ　時実利彦　×岡　潔　『自由1　新年号』（一九六六年　自由社）
連句芸術　山本健吉　×岡　潔　『芭蕉の本第5　歌仙の世界』　山本健吉編
（一九七〇年　角川書店）
講演　こころと国語　岡　潔　『岡潔集　第五巻』（一九六九年　学習研究社）
以上を底本といたしました。

本書のなかには、今日の人権感覚に鑑みて差別的ととられかねない発言がありますが、語り手に差別の意図はなく、故人であること、発言当時の時代背景と感覚を考慮し、対談自体の価値を尊重し、加筆修正は行わず、原文のままといたしました。

岡潔対談集《おかきよしたいだんしゅう》
朝日文庫

2021年5月30日　第1刷発行

著　　者　岡《おか》 潔《きよし》
司馬遼太郎《しばりょうたろう》 井上《いのうえ》 靖《やすし》
時実利彦《ときざねとしひこ》　山本健吉《やまもとけんきち》

発 行 者　三 宮 博 信
発 行 所　朝日新聞出版
〒104-8011　東京都中央区築地5-3-2
電話　03-5541-8832(編集)
03-5540-7793(販売)
印刷製本　大日本印刷株式会社

Published in Japan by Asahi Shimbun Publications Inc.
定価はカバーに表示してあります

ISBN978-4-02-262050-7

岡 潔
紫の火花
近年再評価が高まる数学者による、独自の思想の深まりを書いた名著、五六年ぶりの復刻。岡熙哉「親父・岡潔の思い出」収録。

國分 功一郎
哲学の先生と人生の話をしよう
親が生活費を送らない、自分に嘘をつくって？「哲学は人生論である」と説く哲学者が三四の相談に立ち向かう。　《解説・千葉雅也》

山極 寿一
京大総長、ゴリラから生き方を学ぶ
語学力よりも感動力だ！　世界的ゴリラ研究者で、総長の仕事は「猛獣使いだ」と語る著者が、グローバル時代を生き抜く力の磨き方を伝授。

阿部 岳
ルポ沖縄　国家の暴力
米軍新基地建設と「高江165日」の真実
米軍ヘリ炎上、産経の誤報、ネトウヨの攻撃——。基地建設に反対する市民への「暴力の全貌」と、ウソとデタラメがもたらす「危機の正体」に迫る。

網野 善彦／鶴見 俊輔
歴史の話
日本史を問いなおす
教科書からこぼれ落ちたものにこそ、この国の未来を考えるヒントがある。型破りな二人の「日本」と「日本人」を巡る、たった一度の対談。

阿部 謹也
近代化と世間
私が見たヨーロッパと日本
日本という「世間」でいかに生きるべきか——。西洋中世史研究と日本社会論とを鮮やかに連結させた、碩学の遺著。　《解説・養老孟司》

朝日文庫

司馬　遼太郎
対談集　日本人の顔

日本人の生き方・思考のかたちを、梅棹忠夫、江崎玲於奈、山崎正和ら多彩なゲストと語り合う。自在な思考とヒューマニズムの精神に貫かれた対談集。

司馬　遼太郎
対談集　東と西

文明の本質と日本への直言……開高健、ライシャワー、大岡信、網野善彦らとの悠々たる対話。人々の心のひだに分け入り、思考を深めていく対談集。

司馬　遼太郎
対談集　日本人への遺言

日本の現状に強い危機感を抱く司馬遼太郎が、田中直毅、宮崎駿、大前研一ら六氏と縦横に語り合った貴重な対談集。

司馬　遼太郎
春灯雑記

日本の将来像、ふれあった人々との思い出……今日的な問題から、歴史の深いひだに踏み込んだテーマまで、深遠な視点が生かされた長編随筆集。

司馬　遼太郎
街道をゆく　夜話《やわ》

司馬遼太郎のエッセイ・評論のなかから『街道をゆく』に繋がるものを集め、あらためて編集し直したアンソロジー。《解説・松本健一》

朝日新聞社編
司馬遼太郎の遺産「街道をゆく」

人間・司馬遼太郎の魅力とそのライフワークとなった「街道をゆく」の面白さを、二六人の筆者が語る。

内田　樹・白井　聡
日本戦後史論
敗戦の否認や親米保守など、戦後日本が抱えた問題を語り尽くす。文庫化に際し、アメリカ大統領選や政府のコロナ対応など、新規対談を追加。

保阪　正康
『きけわだつみのこえ』の戦後史
「国民的遺産」は政治的プロパガンダの道具にされた。削られた言葉から我々が読み取るべきものとは？　《解説・松本健一／片山杜秀》

五百旗頭　真・伊藤　元重・薬師寺　克行編
岡本行夫　現場主義を貫いた外交官
日米関係のエキスパートとして、沖縄・イラク担当の首相補佐官として、民間人として、愛する日本のために駆け回った元外交官の全記録。

池谷　裕二
パテカトルの万脳薬
脳はなにげに不公平
人気の脳研究者が〝もっとも気合を入れて書き続けている〟週刊朝日の連載が待望の文庫化。読めば誰かに話したくなる！　《対談・寄藤文平》

池澤　夏樹
終わりと始まり
いまここを見て、未来の手がかりをつかむ。沖縄、水俣、原子力、イラク戦争の問題を長年問い続けた作家による名コラム。　《解説・田中優子》

池上　彰編・著
世界を救う7人の日本人
国際貢献の教科書
緒方貞子氏をはじめ、途上国で活躍する国際貢献の熱いプロフェッショナルたちとの対話を通じ、池上彰が世界の「いま」をわかりやすく解説。